澎湃野吉旅行趣 2

富士山我來亂了！

澎湃野吉◎圖文　張秋明◎譯

前言

大家好，澎湃野吉旅行趣的續集不是國外，

而是富士山。或許有讀者會懷疑

「爬上富士山算是旅行嗎」也說不定。

然而「人生就是僅有一次的旅行，夫人」，

因此我覺得這樣的主題也無妨。

因為即便是去便利店買個便當，

看在小螞蟻的眼中，

就是一趟路途遙遠的旅行。

就像是去西天取經一樣。

如果有人反駁說：「你又不是小螞蟻!!」

那我就會回應：

「你也不是小螞蟻呀，蠢蛋。」

換言之，我想表明的是：從富士山的眼光來看，

人類不過是渺小如螞蟻的存在……。

當初實在不該心生挑戰之意……。

總之請樂在其中吧。

2008.06 小澎

寫自編輯部（且做為閱讀本書之前的預備知識）

本書是將連載於圖文雜誌《BONte》之「澎湃野吉的挑戰」加以增添修訂後付梓的版本。也是澎湃野吉旅行趣系列繼《第一次出國就去義大利》推出的續集。

《BONte》是在本書作者、也是插畫家澎湃野吉（以下簡稱小澎）的全面協助下，介紹各種角色和作家的季刊雜誌。其中一項企畫是由小澎每期進行各式各樣的採訪體驗，畫成漫畫加以報導。前面提到的《第一次出國就去義大利》也是基於那樣的採訪體驗所完成的作品。其實專欄一開始並沒有特定的標題，不知道為什麼連載了一陣子後，小澎突然開始在圖稿上加入「澎湃野吉的挑戰」的標題，從此我們也這樣稱呼該專欄。此外，同行參與採訪各項體驗的本編輯部三名編輯在畫稿中，不知何時起都被稱為是「Goma's」（據說因為她們都是Goma Books的編輯的關係）。

本書所收錄的體驗記錄漫畫曾發表於《BONte 005》、《BONte 007》、《BONte 008》和《BONte 010》，但本書編排的順序不盡然和《BONte》發表的順序相同。

因此基於以上原因，專欄標題時有時無，出場的編輯角色時而可愛時而不可愛（編輯部一致認為剛開始都畫得很可愛，但漸漸就越來越不討喜了），多少會有一些落差，但請讀者諸君能夠不要介意，盡情融入情節之中吧。

註：《BONte》雜誌目前已停刊。

出場人物介紹

澎湃野吉(小澎)

本書作者，♂

元祖(自稱)足不出戶插畫家。

身為旅行系列書的作家卻不喜歡旅行。

因為總是窩在家裡，所以體力明顯衰退。

學生時期有過一次爬富士山的經驗，

但因為腦漿已邁入阿公級，

早就記不太得了。

運動能力 ☆☆(1.5)

體力 ☆(0.5)

◎專長：完全無視於截稿期限、音訊杳然。

SUZU編輯

澎湃野吉的責任編輯，♀

BONte編輯部總編輯。

因為是總編，地位最偉大。

喜歡旅行、戶外派。

興趣是出門旅行會帶著井上先生(猴子布偶)，

無視於眾人的目光，在每個景點擺pose

拍照。第一次爬富士山。

運動能力 ☆☆☆☆

體力 ☆☆☆☆

◎專長：不偏食把東西吃光光。

金子

BONte編輯部編輯，♀
時髦愛漂亮、個性強悍、~~很可怕~~。
因為是惡魔(設定)，
所以講話像日文片假名一樣有稜有角。
聽說她在BONte比作者還要受到
讀者們的喜愛。第一次爬富士山。

運動能力 ☆☆☆☆☆★★

體力 ☆☆☆☆☆★

◎專長：超強。沒事就拚命吃東西
卻一點也不會發胖。

平田

BONte編輯部編輯，♀
清醒的時候很有能力。
但大部分的時間都在睡覺。
第一次爬富士山

運動能力 ☆☆☆☆

體力 ☆☆☆☆☆

◎專長：睡過頭。

目錄

第1章

為了成為日本第一的插畫家，總之先爬上日本第一的富士山再說！

The Editors' Report

提到日本第一，當然非富士山莫屬囉！

事情要從某一天在編輯部裡的閒聊說起。

「所謂的『日本第一』很多，你們覺得有『日本第一插畫家』這個稱號嗎？」「嗄？應該還沒有聽說過吧？」「你們不覺得聽起來很炫嗎？」「是哦，不過把插畫家跟『日本第一』扯在一塊兒，有什麼意義？」「不知道耶。」「如果說是日本第一不遵守交稿期限的插畫家，我們周遭倒是有一個。」「那麼如果是以成為日本第一為目標，而嘗試各種日本第一的挑戰，你們覺得這個構想如何？」「聽起來還滿好玩的。」「所以打頭仗的……當然就是富士山囉？」「說的也是。」「可是好像會很累耶。」「說的也是。」……就這樣東拉西扯之際，在一場閒聊的會議上決定了本企畫案。

富士山。沒錯，就是每個日本人都知道的日本第一高山。也是讓每個人都會心生「這一輩子很想爬上一次，但感覺好像很困難」之念頭的那座山。

接受這項挑戰任務的當然是本書的作者，自稱足不出

戶，非編輯部的要求絕不輕易外出，以缺乏體力而自詡的插畫家澎湃野吉（以下簡稱小澎），同行的是BONte編輯部的三人。編輯部只知道出一張嘴，其實對於親自挑戰毫無興趣。畢竟這是項辛苦的工程，但因為企畫內容好像還滿有趣的，才決定勉為其難配合一下。

企畫定案後，一旦跨入準備階段，才發現大家都沒有登山經驗，不知道該從何著手起……正在傷腦筋時，意外得知小澎學生時代曾經爬過富士山，真是太棒了，便決定以當時的情況做為參考（這麼一來，小澎已經有過「日本第一」的經驗了，但因為當時的他還不是插畫家，所以這個案子將繼續進行）。根據小澎的說法，當時他就讀山梨縣內的大學，心想「反正很近嘛」，便臨時起意，沒帶任何裝備就上山了。小澎說「一路上幾乎都沒有休息，爬得很輕鬆，一點也不會累。幾乎沒什麼坡道，感覺就像是走在一條綿延不斷的平坦路上」。原來如此……搞不好很意外可以輕鬆攻頂。雖然幾乎沒有坡道的說法令人難以置信，但半信半疑之間還是感到安心不少。

接下來的一個月，我們參考富士山的登山導覽手冊、網站，到戶外用品專賣店購買裝備、擬訂時間表，各自進行培養體力的計畫，到了前一天還全員集合開會，做好萬全準備迎接當天的到來。雖然唯一有登山經驗的人是小澎讓人有些不安，但我們終於要出發了！

※ 本章係根據 2006 年 8 月的經驗描繪而成。

※SUZU編輯有咬冰塊發出卡滋聲響的習慣

富士山圖解
日本第一
劍峰(3776m)
九合目(3600m)
八合目(3020m)
七合目(2700m)
六合目(2390m)
五合目(2305m)
出發地點

很累吧？富士山，不好爬吧？
富士山
嗯…因為已經隔很久了，老實說我也不太記得…大概應該…
還算是很輕鬆吧，一路上沒什麼斜坡
事後證明這項記憶大錯特錯，既然是登山，怎麼可能會沒有坡道呢！
呵呵呵，原來如此呀。
且不管小澎，因為咱們Gomas是第一次爬山，首先應該去買登山用具才對
穿牛仔褲、球鞋，用自己的一雙手去挑戰不就結了嗎？
那是高山，別小看
之後，大家到新宿集合開始採購
戶外用品專賣店
L-Box★
登山最重要的就是鞋子，除了尺寸，還要重視材質、功能性
能保護腳踝的高筒鞋，不但不容易累，也比較不會受傷
鞋底好厚!!
山上很冷，所以必須要有防寒配備。加上天氣多變，雨具也絕對不要忘了準備
背包容量約20~30L的大小最好。攜帶行李的重點盡量以少而輕便為主

咚一
決定買這個了♪
50ℓ
好大呀
慢點，不是說買小一點的會比較好嗎…
無所謂啦，就是要這麼大，東西才裝得夠，也比較方便嘛♪
你每次不都挑大的，結果卻落得失敗的下場嗎？
為了觀日出而登山時，就必須另外準備夜間用的頭燈
天一一啊
恐龍造型頭燈
可動式
燈泡
這真是太妙了
天啊啊！
卡嚓
卡嚓
好亮
這個不錯吧？很好玩耶，不如大家都買這個吧
嗯，這個好
我絕對不要，買普通的就好
是，對不起
看來所有帶在身上的東西都買齊了吧
快啊！你們來看呀
登富士山的打氣裝備
酵素
酵素
果真是專門為我們而準備的商品
一定要讓它們打氣一下♪
買了套裝的打氣的商品
巧克力棒
增氧錠
含氧瓶裝水
氧氣筒
咚
購物終了
買了不少東西♪
買得很高興哩♪
接下來到那家店坐下來討論一下順便吃午飯吧
而且好重喲

卡滋 卡滋 卡滋 卡滋 卡滋 卡滋
離登山預定日還有一個月
最擔心還是我們的體力
不知道應付得來嗎
先做些運動會比較好吧，另外也把鞋子穿得習慣些比較好
萬一鞋子磨破腳就麻煩了
我決定從今天起，通勤時提前一站下車走路回家
這主意不錯，我也試試看♪
那我每天早上要慢跑5公里
應該辦不到吧
我看是不行
應該有困難吧
那我要好好睡覺，其他就靠年輕的本錢跟它一拚了
成員中最年輕者
於是一個月前各自開始為爬富士山做準備
還剩27天
30
29
跑步
明天起再努力吧
翻來覆去
呼
還剩4天
跑步
現在出門跑步，萬一受傷就不好了
還是算了吧
翻來覆去
呼
登山前一天
各位，這一個月的練習辛苦了。明天就要挑戰富士山了。我昨天熬夜完成了當天登山的時間表，大家請看
晃來晃去
這可是金子編輯的特別企畫喲♪
一班公車就能到，輕鬆愉快♪
這一次的目標是要爬上日本第一高山欣賞日出。因此為了一大早到達山頂，就得利用傍晚和夜間來爬山。為了避免浪費體力，我決定先搭一段公車直接到達半山腰的五合目。

時間表☆
第一日
AM10:30 新宿公車總站集合
AM10:55 搭乘公車出發（前往五合目）
PM1:20 到達五合目，到餐廳用餐、伸展筋骨等，讓身體適應高度
PM4:00 開始爬富士山
PM7:00 抵達小木屋 住宿（八合目）
第二天
AM1:00 從小木屋出發
AM4:30 到達山頂
AM5:00 欣賞日出
下山
很完美！
就照了，我會按表操課，所以千萬別睡過頭了
嘻嘻
那就解散吧
到了當天
新宿公車總站集合地點
只有兩人
AM10:40
…
奇怪？
都已經過了集合時間，那兩個傢伙怎麼還沒來…該不會睡過頭了吧
心驚膽跳
答對了
呼嚕
…
10點55分才要集合，還可以多睡一點
還是很睏
10點55分是出發時間耶
什麼？現在才起床準備搭電車!?
怎麼辦？平田編輯搞錯時間，小澎睡過頭了，還要20分鐘才會到？
到時候公車早就開走了
完了！
那就丟下他們不管（生氣）
怒火中燒

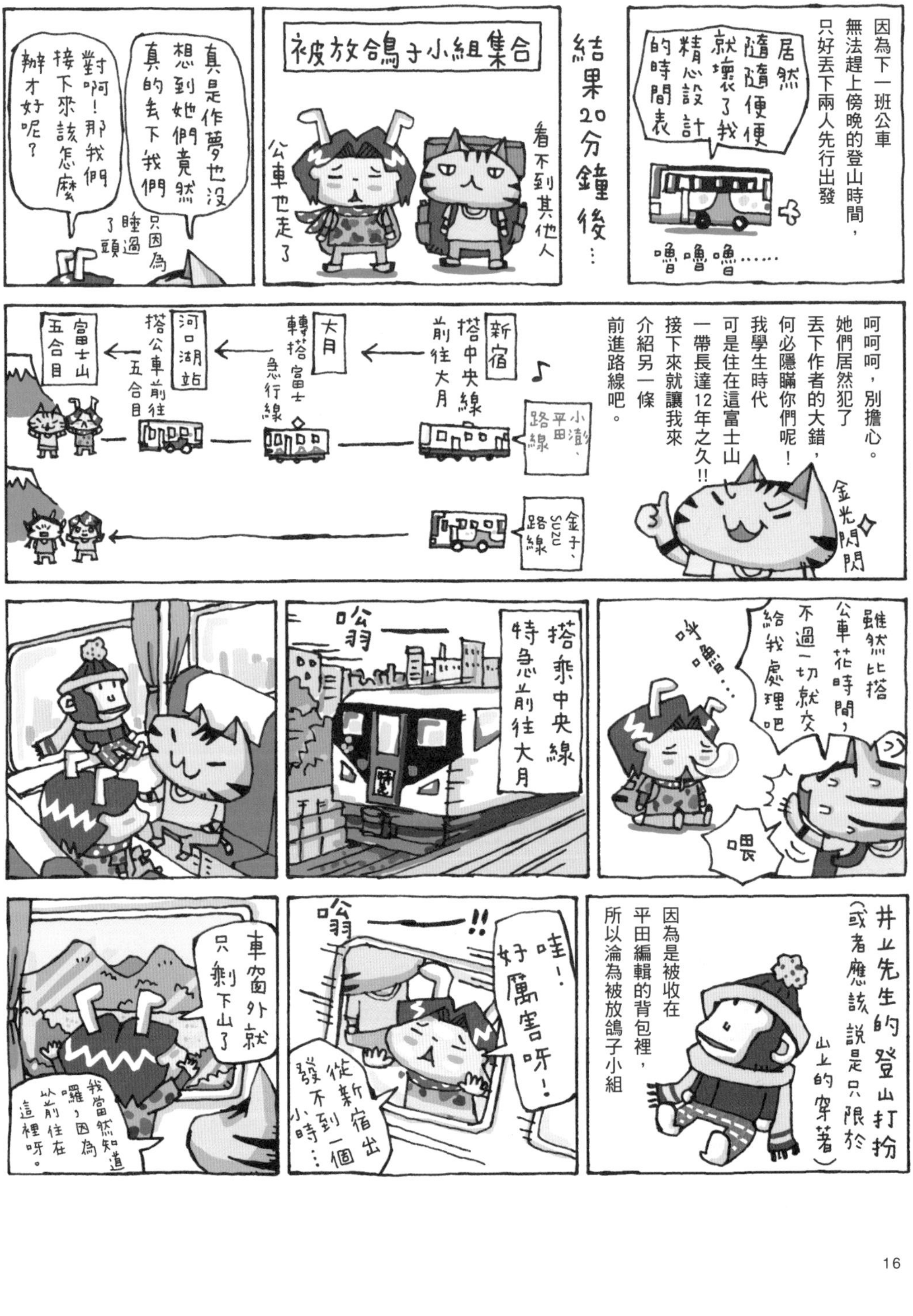
因為下一班公車無法趕上傍晚的登山時間，只好丟下兩人先行出發
居然隨隨便便就壞了我精心設計的時間表
嚕嚕嚕……
結果20分鐘後…
被放鴿子小組集合
看不到其他人
公車也走了
真是作夢也沒想到她們竟然真的丟下我們
只因為睡過了頭
對啊！那我們接下來該怎麼辦才好呢？
呵呵呵，別擔心。她們居然犯了丟下作者的大錯，何必隱瞞你們呢！我學生時代可是住在這富士山一帶長達12年之久!! 接下來就讓我來介紹另一條前進路線吧。
金光閃閃
新宿 搭中央線前往大月
大月 轉搭富士急行線
河口湖站 搭公車前往五合目
富士山五合目
小澎、平田路線
金子、SUZU路線
雖然比搭公車花時間，不過一切就交給我處理吧
呼嚕嚕…
喂
嗡——
搭乘中央線特急前往大月
井上先生的登山打扮（或者應該說是只限於山上的穿著）
因為是被收在平田編輯的背包裡，所以淪為被放鴿子小組
嗡——!!
哇！好厲害呀！
從新宿出發不到一個小時…
車窗外就只剩下山了
我當然知道囉，因為以前住在這裡呀。

抵達大月站
大月
這裡轉搭富士急行線前往河口湖站
大月站
我們要在這裡轉搭特急…
車子有點奇怪，妳不要被嚇到，不會有問題的
?
咚
咚咚
咚……!
這就是富士山特急
…
車子不會有問題的啦，絕對可以正常行駛
雖然外觀看起來很那個…
匡啷匡啷
啊，那是就讀過的大學
哦，就是你讀了8年也沒能畢業的那間…
…沒錯
匡啷 匡啷
※這一次的旅行並非澎湃野吉的回憶之旅
啊，這是我住過的公寓!
哦，就是房租跟住在市區的朋友一樣，結果卻只是跟朋友的停車位租金一樣…
沒錯，一個月要2萬5千
便宜好
咔噠匡啷
另一方面，公車小組
噗噗噗…

啊，金子編輯，那是富士急遊樂園耶，現在最熱門的話題之一
轟~ 轟~ 轟
#
好看嚇起人來
悶不吭聲
…
嗯…找些好玩的事情來做吧…
氣氛十分沉重
啊！那玩文字接龍吧…由我開始…挑個快樂的字吧，「遊樂園」(yu-en-chi)…
換妳了
血祭(chi-ma-tsu-ri)
愛理不理
好可怕
冷汗直流
拉拉熊(re-ra-kku-ma)
新的血跡(ma-a-ta-ra-shi-i-ke-kon)
哇咧…這樣算玩完了吧
嘟嘟嘟…
山梨名產手打麵
一到達河口湖站就立刻享用當地名產的兩人
呼嚕呼嚕
呼呼 呼
手打麵真是好吃
※這一回可不是一個人的隨性之旅
雖然手打麵很好吃，不過剛接到通知，公車小組已經到五合目了。
要我們趕快過去
這麼快啊
果然直達的公車比較快…嗝…嗝
…我們還要多久才會到呢
嗯…還要一個小時吧…嗝
…
於是放鴿子小組只好放棄吃到一半的手打麵，趕緊轉乘公車前去
一個小時後
富士山半山腰
咚
終於到了！從新宿一路過來真是長途跋涉呀。辛苦了，總算趕上了。
哎喲

接著我們就要爬上那座山了嗎
這裡
好戲才要正式上場……
發現認識的人
啊!
兩……兩位好!
今天真的…啊
金子編輯，他們到了
轉頭過去
哼!
再也不敢睡了
好不容易得到原諒後，總算全員到齊
對不起
五合目(河口湖口)有許多的餐廳和名產店。因為水很珍貴，所以上廁所得付費。
另外想當然耳，富士山也又近又高大
買了登山必需品的金剛杖
這根不錯
平田編輯跟她母親借了登山裝備，所以不用買
準備妥當
出發囉!!
帽子
一開始會很熱，所以穿短袖T恤
隨時注意補充水分
附有鈴鐺的金剛杖
終於要出發上山了
PM 4:30
隨時保持乾淨
大自然愛我，我愛大自然
哦!
哦!
加油!
哦!
大家要好好跟上隊伍
五合目
五合目的綠意盎然，路也很平緩
感覺會很輕鬆

不過畢竟標高2400m，整片雲層就飄浮在眼前
好漂亮喲
因為山路比想像輕鬆，自然就得意忘形地跑起來的傻瓜蛋
噠噠噠
呼呼
噠噠噠
金剛杖是減輕雙腳負擔的必需品
叮叮噹叮叮噹
叮叮噹叮叮噹
叮叮噹
吵死人了!!
因為就在耳邊，鈴鐺聲真的很吵
心情暴躁
乾脆把鈴鐺扯下來
扯掉
六合目
坡度好像突然變陡了
看來大家有志一同
扯掉
扯掉
六合目安全指導中心
嗯？
各位辛苦了，這是回程路線圖
因為有很多遊客走錯路往靜岡去了，因此請各位留意
謝謝
嚇我一跳！看到像那樣穿制服在發傳單的人，不覺得有通緝犯躲到富士山裡來了嗎
一點也不覺得
安心了

看到有名男性因為得到高山症而蹲在路旁
據說高山症不拘性別或體力多寡，突如其來就會發生
走著走著，忽然間感覺冷了起來
咻
好冷呀
PM5：40
拿出防寒衣穿上順便休息，好因應更低的溫度
雖說是八月，來到這種高度，感覺已經是冬天
補充能源!!
啪
CHOCO
覺得睏就來一顆
請吃巧克力
巧克力可迅速補充能源，是最適合登山的零食
好甜
千萬別搞錯帶了其他零食，尤其會吸收水分的餅乾類最不討喜
好吃棒很好吃耶，誰要
繼續上路吧
越上面，氣溫越冷風也很強，要小心風沙吹進眼睛裡
呵，有垃圾飛進眼睛了
好痛
誰叫妳的眼睛那麼大
誰叫妳的眼睛那麼大
誰叫妳的眼睛那麼大
要不要借妳時髦漂亮的墨鏡呢？
嗯，好呀
咚——
說明
金子編輯的時髦佩件，基本上要她本人用才有效果。用在其他人身上，很有可能變成好笑的佩件!!
越來越能感受到登山的嚴峻
好冷也好睏喲
被平田編輯綁在腰際

來到這裡，雖然體力還好，但呼吸卻變得很難受
呼 呼 呼
好難受呀
日常生活中很難體驗到空氣稀薄
同時也顯現出成員中決定性的不同
呼 呼 呼 呼
一路往前進
氣喘如牛
哇咧？
是因為年輕的關係嗎？根本是利用年輕搞歧視嘛
空氣稀薄加上山路崎嶇，腳都不知道該往哪放
是峭壁，大家再加把勁
是誰說富士山沒有陡坡，爬起來很輕鬆的!!
咚！
就是這傢伙 →
※12年的歲月足以把登山的痛苦經驗完美抹去
又過了一個小時
PM6:30
七合目
到了 終於
抵達七合目
噢，讓我好好休息一下
七合目↓八合目
請問惡魔老師，我們現在好不容易到了七合目
體力已經快用光了
距離晚上預訂住宿的八合目小木屋，究竟還要爬多久呢？
嗯，這個問題問得好，小澎。目前比原先計畫約晚了30分鐘，不過大約再一個小時就能抵達八合目吧
但是天色已經開始要暗了，大家千萬不要大意
因此為了能在接近夕陽的山頂欣賞日出，各位繼續加油吧
哦!!

話才剛說完，日落山頭，周遭已經暗了，大家只好拿出頭燈裝上往八合目邁進
沒想在黑暗中攀爬山路會這麼辛苦只能靠著頭燈的光線…
卡嚓 卡嚓 卡嚓 卡嚓
還好沒買那個
真的，還好沒買
簡直快要哭出來了，卻好像始終到不了八合目
天啊！要命喲 人家想回家
終於…好不容易…總算…
結果花了三小時
PM 9:40
才到達預約的小木屋
8合目
各位，到了！
呼 呼 呼 呼
(註)這是澎湃野吉
烏漆抹黑中連續爬了三個小時的山路，好端端的人都會變成這副德性
全軍覆沒
原訂7點抵達，居然已經10點了
歡迎各位來到小木屋。明天早晨要到山頂觀日出的旅客必須得在半夜1點出發才行，需要我叫醒你們嗎？還是打算睡到5點，直接在這裡看日出呢？
也就是3小時後就要出發了
我要在這裡看
我要睡到5點
二話不說直接放棄到山頂欣賞日出
小木屋是上下鋪的床位，感覺上只是滿足基本的睡眠需求
AM 1:00
窣窣
窸窸
窸窸
窣窣
鱈魚子…
鱈魚子…

看日出
開窗
看日出
看日出
看日出
看日出
半夜1點過後，外面開始吵雜。從窗戶往外看，有許多要上山頂看日出的登山客精力充沛地往上爬，這麼多人真不知從哪裡跑來的
驚人！
一個接一個
一個接一個
根據跑到外面看的SUZU編輯說：一長串排隊上山的登山客似乎都塞在半路上，看來放棄上山頂或許正確？
AM4：30
各位早呀，快要日出喲
放棄上山看日出選擇大睡一番的4人，只好站在比原先計畫較低的位置欣賞日出
啪——
日出，好美呀！好感動。這種現場的感動果然是無法用圖畫或是言語表現的。雖然來到這裡的路途很辛苦，卻也讓眼前的風光顯得更加精采。
咚！
既然已經看到日出，也就是說應該不用再攻頂了吧？
那可不行！目標是要成為(站在)日本第一(高處)的插畫家耶
好吃 好吃
所以各自拿自己做好帶來的飯糰當早餐，補充完體力後便繼續上路
八合目↓九合目
AM6：40
由於選擇睡眠取代上山看日出，體力已完全恢復，感覺今天應該可以輕鬆攻頂
活力充沛！
一口氣衝上山頂吧
腳步輕盈
—30分鐘後—

看來還是不行
咚——
呼 呼 呼 呼 呼 呼 呼 呼 呼 呼 呼 呼
真是好夠累了
默默無言
晃晃
搖搖
晃晃
搖搖
喂，妳們先走，不要管我了！後面就交給我了往前進！
呼呼呼
呼—
誰也沒有力氣管別人的狀況
嘎滋
嘎滋
嘎滋
本八合目
本八合目
來到這一帶，空氣變得更稀薄，很容易感覺疲倦
咕嚕咕嚕
呼呼
在這種情況下…
就是那裡，圍巾歪了
嗯…稍微往左邊一點…瞧妳喘的…算了，平田妳讓開
是要這樣子嗎？

這傢伙的猴子攝影會依然健在
沒錯——
啪擦
啪擦
啪擦
很多人在看妳耶…
啪擦
啪擦
啪擦
於是
不好意思…
很好，就是這個表情！
啪擦
我們是出版富士山相關資訊雜誌的Bururun出版社，請問可以接受採訪嗎
咚
帶著猴子爬山，顯得很奇怪或者說很引人注目的關係吧，我們總編居然贏得某出版社的採訪
ペー99指教
請99指教
啪擦
啪擦
啊…那兩個人還被拍照了
為什麼要接受別的出版社採訪呢!!
受歡迎也是很辛苦的！
像小澎根本就沒有人注意到他
九合目↓山頂
爬富士山漸入佳境，這裡已看不見一草一木
而且地面都是岩石，坡度又很陡
嗚…
搖搖
晃晃
呼呼

咻一
咻一
咻一
卡擦
卡啪
氧氣罐
呼
呼
呼
增氣錠
啪啦
劈哩
呼
呼
呼
呼
啪啦
怪異
咻一
咻一
咻一
咻一
咻一
咻一
怪異
嘻嘻
嘻嘻，
這樣還能多走10步
啊⋯舒服多了
那可不行
拚命
咀嚼
啪
啪
啪
雖然前面兩人走得很快，但是山頂附近的雲層飄動得更快
眼前有一片厚重的雲層
健步如飛
就算累了依然健步如飛的兩人
老是被丟下的兩人
健步如飛

註：俗諺說新年首次做夢若夢到一、富士山，二、老鷹，三、茄子，算是吉兆。
這裡小澎借用這個俗諺，證明自己看到龍是吉兆。

咚
…
真是一條漫長的路！不過在日本第一高山的富士山頂看到的景色實在太棒了
很多人都在山頂入口的紀念碑前拍照
富士山頂淺間大社
還有人在拍嗎
還沒好嗎？
就是現在了！拍照最好時機
迅速
噠噠
掏出
耶！第一名
富士
富士山頂
咚！
終於成了（站在）日本第一（高處）插畫家!!
為了留做紀念，在山頂請人在金剛杖上蓋上朱印
富士頂上
哦～♪

然而這時
又出了
狀況!!
卡滋 卡滋
卡滋 卡滋
卡滋
巧克力
沙——
頭…
好痛
一路上精力充沛
帶領大家的
金子
編輯
突然間
高山症發作倒下
啪噠
!!!
山頂除了店家和名產店，
還有免費休息站。大家決定
先將金子編輯帶到休息站裡
到那裡
休息吧
拖著走
嗯…
怎麼辦
呢
啊，對了
用這個包
在身上睡
也許會好
東翻西找
還好有
帶來的攜帶
保溫毯♪
鋁製
鏘——
具有保溫、防風、防水的效果
且便於攜帶的毯子，只要包住
身體就能防止體溫流失
試著包包看
卡沙
卡沙
卡沙
咚——
好像
包奶油
紙
蟹哟
簡直
就是紙
包奶油
蟹嘛
明明
就是
紙包
奶油
蟹
明明
就是紙包
奶油蟹
因為氣壓的關係，帶來的
鋁箔包零食
也都膨脹了
鼓起來～
哇!
好
厲害
總之已經用鋁箔紙
將金子編輯的
身體包了起來，
趁她休息期間
到山頂到處看看
的2人
我看看有
什麼新鮮的
我也來
瞧瞧

名產店也賣山頂特有的獨家商品
頂上 山口屋支店
富士山
FUJI
寿
不過基本上都很有古早的昭和味道
聽說富士山上的食物賣得很貴，實際上…
白飯
清酒
啤酒
紅豆湯
味噌湯
甜酒
關東煮
泡麵 ¥600
牛肉蓋飯 ¥1000
甜酒 ¥600
味噌湯 ¥600
紅豆湯 ¥600
也真的很貴
因為水很珍貴，而且光是搬運東西上來就很辛苦，所以才會這樣吧
泡麵居然也要600日圓
兩人點了東西
味噌湯600日圓
紅豆湯600日圓
咕嚕
咕嚕
咕嚕
這…這…是
兩眼發亮！
熟悉的口味和味噌香、還有乾燥蔥花和像救生圈般飄浮在湯上面的麵麩，根本就是…
即食湯包嘛
一碗即時湯包要賣600日圓
紅豆湯也沒什麼料，所以用不到筷子
吸吸吸
…

滋味無所謂，能夠在富士山頂喝到熱的東西，這本身就是一件奢侈的事情
（自己說給自己聽）
繞火山口
繞著富士山頂的火山口走一圈，途中會遇到日本最高點的「劍峰」郵局。繞一圈大約要花一個半小時。
從那個郵局寄出明信片就能蓋到山頂的郵戳
像這樣的
會成為很棒的紀念，好想走到那裡去寄明信片喲
可是看起來休息過後的金子編輯也沒有復元的跡象，還是早點把她送到氧氣充足的人間會比較好吧…
悔恨
結果又兵分為二（成員不同）
負責寄信小組
那我們出發了
那我們先回去了
VS
先行下山小組
這張明信片麻煩妳了
交給我吧
路上小心，下次見～
目標朝向山頂郵局開始繞火山口一周Start!!
出發囉
哦－
為了不得已半途而廢的她倆，我們得好好加油！
喔！！
要不乾脆99繞個火山2、3圈，妳看如何？
不用

目前所在位置
下山順路
劍峰
日本最高處
郵局
火山口
好可怕
還以為繞火山口就是沿著火山口走，一路平坦肯定比爬山輕鬆松…
不愧是火山口到處都是溶岩，腳打赤的話絕對很難走（應該不能走吧）
而且路又很小，幾乎也沒有護欄，很有可能跌落火山口或是山崖
米拉米拉
好可怕喲
咻
郵局幹嘛要蓋在這麼不方便的地方嘛!!
另一方面下山小組
已經下了不少高度
嗚，綠色的花草樹木增加了
很平安的下了山
哇♪
好像龍貓森林喲
啪~
龍貓迷

精神恢復了，到處都是綠意
呵呵
再次回到寄信小組
頭好痛喲
蝦密！
高山症!?
我想喝熱咖啡
出現了第2名犧牲者
可是如今已無法折返，只好繼續走一個小時之久（哭）
早點寄信早點離開吧
應該就快到了，再忍耐一下
終於發現了郵局!!
FUJISAN POST
富士山頂郵便
看到了!!
順利寄出明信片
麻煩了
好，我們回去，盡快下山吧
贊成
才繞了火山口一圈便立刻打退堂鼓，決定要下山了
下山的路跟上山時不同，路面不是崎嶇的岩石，而是被稱為「走砂」的砂地
沙
沙
一如「走砂」之名，只要將重心放在腳跟
滑～
就能輕快滑下山坡
呀呼～
滑～
滑～
好快呀
看來高山症也好了
健步如飛

好，我也來試試看
衝呀—
呀
沙
咻—
哇，感覺好舒服！而且又快！照這樣子應該馬上就能回到五合目吧
加油，還可以吧？
慢慢走，不用急，
嗯，謝謝
沙沙
沙沙
哎呀，小倆口走得還真慢，因為本人趕時間，請容我超車囉♪
路上曬恩愛的情侶要爬富士山，等100年後再來吧
嘶沙沙沙—
那個人感覺好差喲
別理他，跑那麼快，等會兒就知道苦了
哈哈哈，一個個都被我趕過去～讓開讓開
沙沙—
哇，砂子跑進眼睛了
飛塵揚起
拚命用滑的，害後面的人一臉飛沙
沙沙
哇！太爽了
沙
呼呼
沙沙
得意忘形的傢伙來了
呼！終於趕上妳了♪
你還好吧？衝太快很危險的
妳在說些什麼？照這速度應該很快就能下山的。看吧♪
語氣堅定
繼續往下衝！

下山好輕鬆呀！
可是…
沙沙
沙沙
一路往下滑走，始終都是砂地…
呼，休息一下吧．這段路還真長，都是砂地…
體力完全耗盡
無言—
哇咧!?
天啊！
機能完全停止了
…
嗚~噎~
卡拉卡拉
啊，動了
吧啦
吧啦吧啦
沙—
沙—
咚沙沙
轉頭
扭脖
沙
沙
沙
不動
結果又被所有剛剛趕過的人給超前了
沙
沙
沙
看吧！事先沒有好好規劃體力，就會那樣
應該要像烏龜一樣一步步踏實往前邁進才對

上山才知道大背包太重成為負擔，膝蓋都快被壓壞的33歲，仔細想想平常一天只走八百步的人，爬富士山會平安無事，那才真是怪事
在砂地一路亂衝的報應
搖搖晃晃
妳先走，後面交給我了。就挑妳相信的道路往前進吧！順便幫我看看到底還要多久才會到達終點
搖搖晃晃
還有幫我拿一個行李走
這傢伙最差勁了
就這樣天黑了，再度亮起頭燈
沒想到我還會再用到頭燈…
拖著腳步慢慢走
這森林陰森森的
金子編輯命名為龍貓森林
終於到了五合目森林
窸窸窣窣
天啊！好可怕呀
啊，你總算到了
啊呵!!
坦白說，為什麼要遇上這倒楣事呢？
可恨！
富士山，真是太可恨了…
一路上腳步蹣跚地邊走邊罵個不停
到了深夜才平安抵達
爬富士山的壯舉到此結束
回來了
還活著啊
腳步搖搖晃晃
謝謝你！富士山
再見了！富士山
咚
再也不想爬富士山了!!
結束

The Photo Gallery

(右)旅行計畫
(左)登山鞋、背包、防寒衣物。還有別忘了氧氣罐。

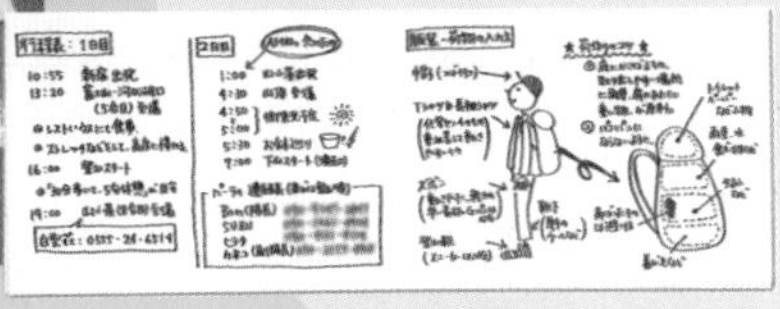

(右)公車小組在高速公路上奔馳、直接前往富士山五合目。
(左)沒有浪費體力到達五合目。拍紀念照時臉上露出笑容，但內心究竟？……

從新宿到大月、從大月到河口湖、從河口湖再到……
不停地轉車，顯然浪費了不少體力的被放鴿子小組。不過，沒放過山梨縣的名產手打麵。

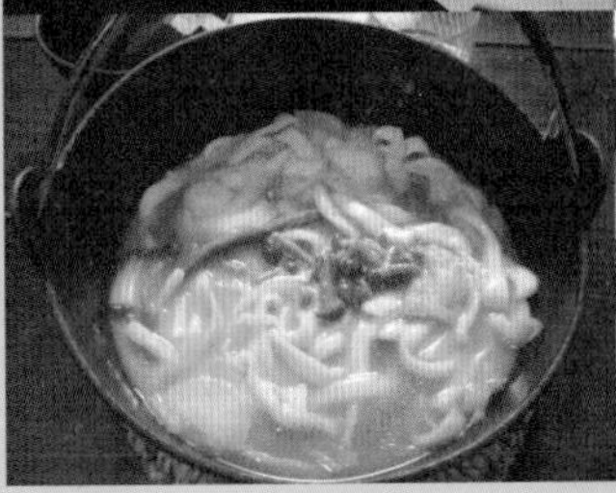

↑剛出發的階段，山路還很平緩，綠意盎然。如果一路都像這樣就輕鬆了。

↑總算4個人湊在一起，開始登山。

↑從五合目出發後，還沒爬多高，雲層卻已經在我們的下方。感覺很舒服。

↑富士山的影子映照在眼前的雲海上。

↑天色總算完全暗了。雖然是滿月夜，但腳底下是起伏不定的岩石。會掉下去喔～很可怕喔～

↑晚上10點，終於到達八合目小木屋。井上先生也累了。

↑小木屋裡。雖然很累，但吃了帶來的飯糰後，稍微恢復了體力。

↓日出。原本陰暗的天空，慢慢地像是燃燒般地火紅，令人感動……，不過這是從比較低的位置看到的景象。

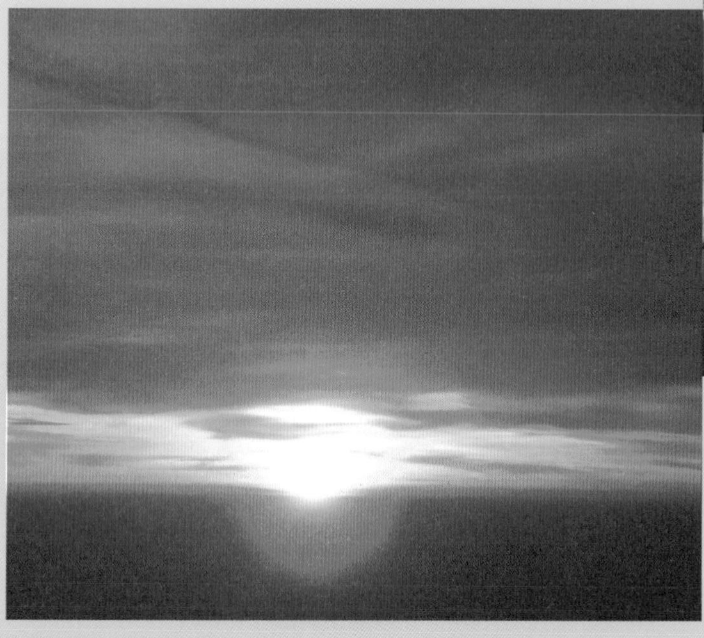

(上)日出前一刻的天空。美麗的藍色，這也是有魅力的漂亮天空。
(下)看到日出，大家都很滿意。雖然只爬到了八合目。

↑就在累得視線模糊(有點誇大其詞)之際，終於看到期待的東西。

↓偶爾往下朝人間一看，才能真實感受到「居然爬到這麼高的地方了」。

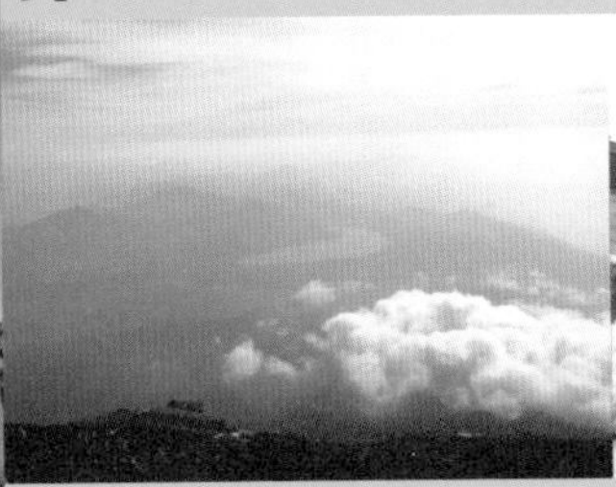

↓補充過睡眠和養分後，恢復精神的一行人今天要攻頂。

→終於到達山頂!!

↑拍紀念照時，其實露出笑臉也很費力。

←各自拿著金剛杖，每到一合目就烙一個印，果然還是山頂上的烙印最令人開心。

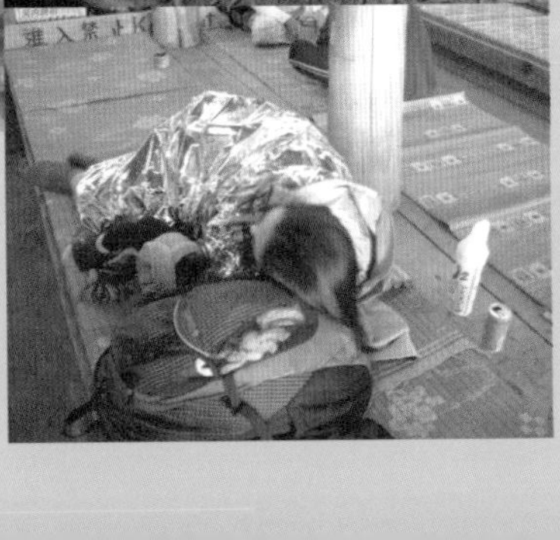

←以驚人體力帶領隊伍一路前進的金子編輯突然倒下了。井上先生陪她一起休息。

↑一看到綠樹，彷彿不順暢的呼吸也順暢起來，重新認識自然與氧氣的好處。

↑下山途中，遇到美麗的花朵。

↑「我們先下山了」、「我們去郵局」，在此兵分二路。

→從山頂小木屋走到火山口附近，可俯瞰山頂風光。

→像個碗口一樣的富士山火山口。郵局就位在火山口的正對面。

→前往山頂郵局的路。左手是山谷，路面只有雙手張開的寬度，走在上面戰戰兢兢。

↑不管是生理面還是精神面都走在懸崖邊上，好不容易抵達郵局。

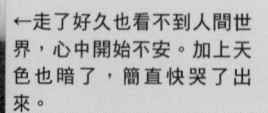

←走了好久也看不到人間世界，心中開始不安。加上天色也暗了，簡直快哭了出來。

←直到需要亮頭燈才能看到路後，終於才抵達山下！一路辛苦了！

要爬富士山，要注意這幾點!!

- 不要睡過頭!!小心會被放鴿子!!
- 東西不要帶太多!!會很重!!我是說真的!!
- 不過要帶足夠的水!!因為沒有便利商店。雖然有販賣店，可是很貴，而且沒什麼東西。
- 山路比想像要陡峭!!因為是山啊!
- 比想像還要崎嶇，畢竟連草木都長不出來!
- 小心高山症!!問題是要如何小心我自己也不知道。只知道惡魔編輯都會被包成跟紙包奶油蟹一樣，很恐怖!
- 不要用跑的!!很累的，體力一下子會用完的。
- 不要小看下山!!不要真的以為下山很輕鬆，結果卻會倒大楣的!因為一直往下走砂地都走不完!!膝蓋都快毀了!!
- 不要帶好吃棒去!!乾巴巴的零食不討喜，而且到了山頂袋子會整個鼓起來，壓迫到背包!!要帶就帶巧克力吧!!

那就加油吧!!

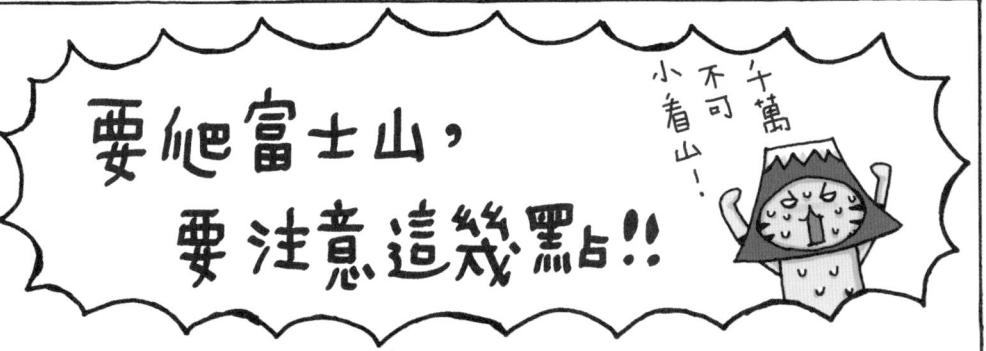

第2章

冬天就靠火鍋取暖!!

The Editors' Report

最能滿足心靈和身體需求首推美味的食物!?

爬完富士山，整個人的力氣和體力都耗盡的小澎和編輯部同仁。經過三個月後，還是無心挑戰新項目(儘管在BONte連載時的專欄名稱叫做『澎湃挑戰系列』……)。以下是企畫會議的討論片段：「我說呢，這一次玩輕鬆點的吧。」「可是又要輕鬆，又要『挑戰』，不會很矛盾嗎？」「所以說一定要有所『挑戰』才行囉？」「話是沒錯啦，但也不一定要每次都挑戰『日本第一』。」「那要挑戰什麼？」「最近天氣變得好冷，差不多可以……」「嗯，沒錯。所以說這一次來挑戰火鍋吧！」「什麼火鍋呢？」「既然要挑戰，就應該在食材方面講究些。」「那就去築地逛逛吧。似乎最近一般人也能進『場內』買東西了。」「啊！聽說築地交易的水產品數量號稱日本第一，不是符合我們的『日本第一』企畫嗎？」「嗯，這就叫做一石二鳥。」「那就說定了!!」

於是企畫名就是：「利用到日本第一的市場購買的食材做出好吃火鍋，讓身體暖烘烘」。……讀者們乍看之下可能

覺得這項企畫好像沒什麼困難度的，其實搞不好會有意外的發展等著我們也說不定……因為人常常過度勉強自己也不好吧，不是嗎？

所謂的「築地市場」，可分為「場外」和「場內」兩個區域。「場外」是任何人都可自由前去購買，類似商店街的氣氛，甚至有些店家到了下午還在營業。「場內」則是魚販、餐廳業者等專業人士進貨的場所，裡面會舉辦競標，購買的單位是整條鮪魚或論「箱」論「斤」的魚蝦貝類，可說是「行家」的空間。由於「場內」的交易集中在清晨，幾乎所有的店家中午前就打烊。不過最近好像也開放讓一般民眾進場內購買，既然有此好康，身屬夜貓子的4人當然要努力早起囉。

果真不愧是專家進出的場所，有種讓我們這群門外漢不敢造次的氣氛。可是賣的都是便宜、新鮮又好吃得沒話說的商品。鼓起勇氣跟店家攀談後，沒想到大家都很親切地回應。

在場內買完東西後，一大早到壽司店大快朵頤，接著在場外又大買特買。生牡蠣、現煮螃蟹、新鮮海膽、活章魚……等等，4人完全隨著慾望買了許多預定外的食材，到底會做出什麼樣的火鍋呢？

※ 本章係根據 2006 年 11 月的經驗描繪而成。

上一次小澎和Gomas有勇無謀地挑戰爬上日本第一要命的富士山後，果然嘗到輕度心理創傷，如入地獄的滋味，暗自決定再也不提出要靠體力相搏的企畫，因此這一次的挑戰是……
BONte會議
基於上次有點苦過頭的反省，這一次呢……
我們到小澎家煮火鍋，好好取個暖吧
才不呢，一點都不輕鬆
太輕鬆了吧
大吃一驚
問題是那也叫做挑戰嗎
很好
澎湃挑戰系列(?)
冬天就靠火鍋取暖
AM 7:00
築地前
打呵欠
集合時間太早了，好睏……
因為只是煮火鍋，也太那個了，想說築地是以食材新鮮和便宜有名，不如來這裡採買……也就是說……
醒來喲
呼~
說明
築地市場是水產品交易量日本第一的批發市場。本來市場分為業者專用的場內和一般民眾用的場外，不過聽說最近一般民眾也可以進入場內購買，因此我們決定去場內看看♪

該不會這一次的主題也是成為（水產品交易量）日本第一的插畫家吧？
討厭，那樣的主題也太奇怪了吧，水產品交易量和插畫技術的好壞一點關係也沒有…
扮鬼臉
上次的（站在）日本第一（高處）已經夠奇怪了。
無言
來去買活跳跳的魚 Let's Go!!
咚～
①有田
場內有招牌品的黑鮪魚…
躺在眼前
躺在眼前
好大…
而且是一整隻，電視上有看過
和各種魚類
這魚是什麼魚呢？

甚至還有不知道是什麼的生物，這裡的水產品的確很豐富
好大…
好噁
而且每一樣都很便宜!!
因為都是批發價嘛
咚一
一千隻
日圓
買了現煮螃蟹
哇!
火鍋裡要放已經煮的螃蟹嗎？
這是要直接吃的
因為看起來好好吃的樣子
啊，海膽耶
堆得跟小山一樣
咚!!
買了一堆海膽
喜歡海膽
哇
海膽不會也要放進火鍋吧？
海膽鍋？
這是要直接吃的
因為看起來好好吃的樣子
我們不是來買火鍋要用的食材嗎？
啊，這個也不錯好像鮭魚子耶
無言
買了30個帶殼的牡蠣啊!
牡蠣耶。這個不錯!又可以放進火鍋裡
生食用
帶殼 牡蠣
買了帶殼牡蠣
一大箱
哇!終於買了像樣的火鍋用食材♪
帶殼 牡蠣
生食用
好重。
咚一
拖著走
搖晃
這才發現應該買無殼的才對…
也買了活章魚
不過不打算放進火鍋裡，而是要做成生魚片

像這樣可以買到新鮮、便宜水產品的築地場內，基本上並非開放給一般民眾，而是業者專用的市場，固然太晚去不行，但拚命起了大早趕去也有點……
轟轟……咻……叮鈴……
好忙亂！簡直就像戰場一樣，根本無法悠閒地買東西
卡拉卡拉
噠噠噠
鈴鈴鈴
咻咻咻
噗噗噗
嗶！
嗄？
尤其是在場內移動用的交通工具—搬運車，完全不分人行道還是車道，彷彿說：我們才不要走在大人鋪好的軌道上呢！橫衝直撞，對一般人來說實在是危險得不得了
轟轟—
咻—
咻—
嚇死人了—
讓開
還有場內因為賣的是水產品，到處都濕答答的，最好穿不怕弄濕的服裝去
錯誤示範
長外套
一碰到腳邊的蛤蜊水箱，很容易就沾濕。
時髦
長圍巾
很容易纏上搬運車被拖得滿場跑
褲襬太長的褲子
因為地面也是濕的，很容易沾濕
兔毛包
又不能裝魚
呼，在場內買東西就先到此為止吧
何況早餐也還沒吃
(AM:8:30)
肚子好餓
聽說場內叫做魚岸橫丁的地方，有很多可以吃到築地新鮮水產的店家
去看看吧
魚岸橫丁裡多半是餐廳，其中也有：店書
每一條小巷都有很多店家排排站

註：「鮪」＝鮪魚，「刺身」＝生魚片，「大トロ」＝大鮪魚肚。

渾身顫抖
這真的是…
好吃♪
鮪魚的IT革命呀！
偷學來的說法
咚！
好吃到睡著嗎!?
搖頭晃腦
師傅，手藝不錯喲
瞌睡打
不用錄影嗎？將來畫漫畫時可參考
好吃好吃
啊，說的也是
這是鰹魚
咚
錄影組
拍照組
咁拍擦
吱
咁拍擦
金目鯛
咚
各位是從哪裡來的呢？
東京
壽司有那麼新奇嗎
被當作是來自沒有壽司的國度
？什麼
…
咁拍擦
咁拍擦
靜—
窸窣
蛋捲壽司，又鬆又軟♪
最後可任選一種喜愛的食材做成壽司喲
請問要點什麼呢
紅甘鰺
赤貝
小鯽魚
赤貝
鮭魚卵
竹筴魚
鮪魚肚
鰹魚
海膽
星鰻
鯖魚
花枝
扇貝
金目鯛
怎麼辦，要點哪樣呢
大鮪魚肚可以稍微烤一下嗎
可以
咚—
好像饕食客喲!!
菜單上沒有耶

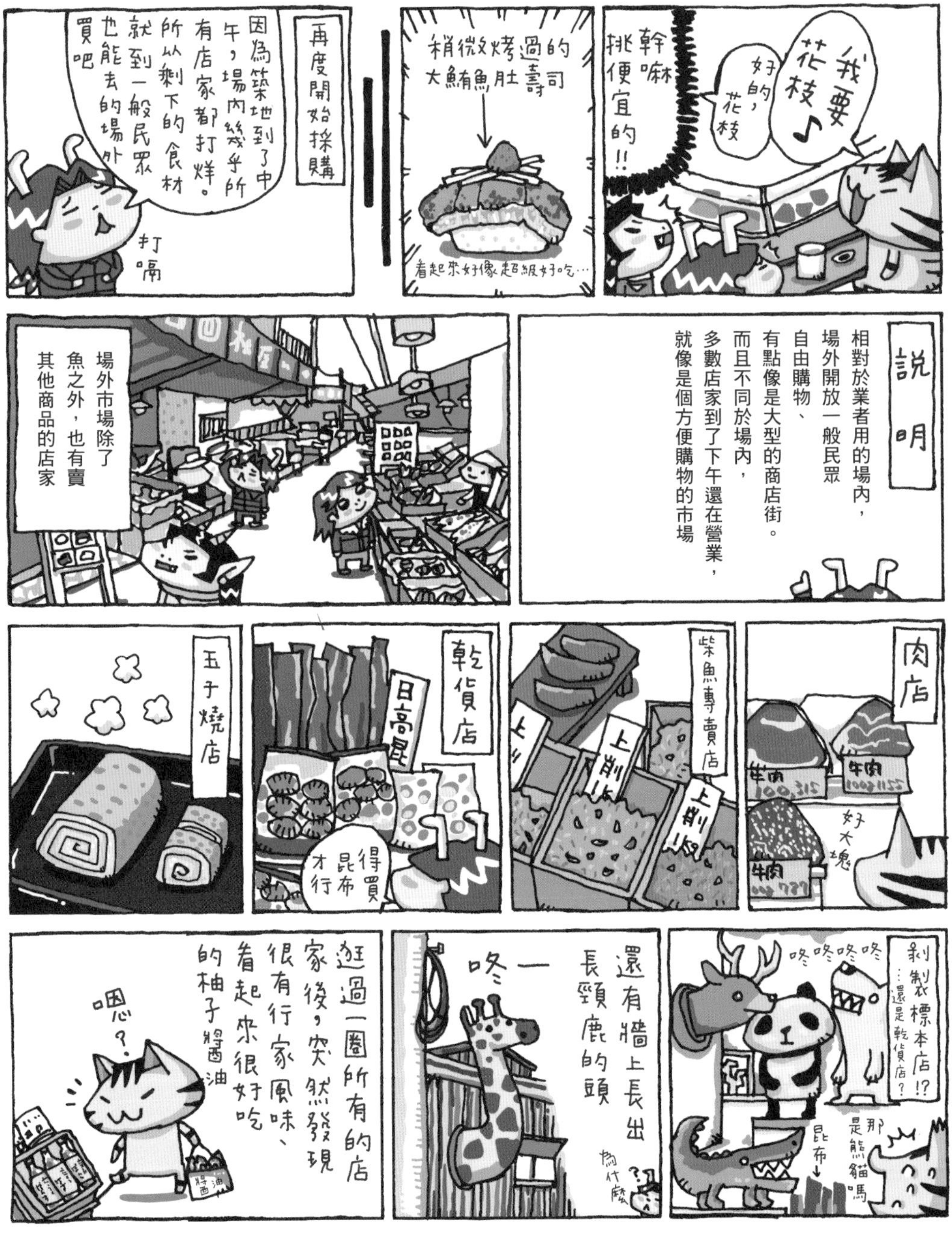

再度開始採購
因為築地到了中午，場內幾乎所有店家都打烊。所以剩下的食材就到一般民眾也能去的場外買吧
打嗝
稍微烤過的大鮪魚肚壽司
看起來好像超級好吃…
我要花枝♪
好的，花枝
幹嘛挑便宜的!!
說明
相對於業者用的場內，場外開放一般民眾自由購物，
有點像是大型的商店街。
而且不同於場內，多數店家到了下午還在營業，就像是個方便購物的市場
場外市場除了魚之外，也有賣其他商品的店家
玉子燒店
乾貨店
日高昆
得買昆布才行
柴魚專賣店
上削
肉店
牛肉
好大塊
逛過一圈所有的店家後，突然發現很有行家風味、看起來很好吃的柚子醬油
嗯？
醬油
咚一
還有牆上長出長頸鹿的頭
為什麼？
咚咚咚咚
剝製標本店!?…還是乾貨店？
是那熊貓嗎
昆布

哇！是鐵人名廚六三郎的柚子醬油耶
咚
鐵人六三郎的柚子醬油
好吃的火鍋當然要搭配好的柚子醬油才行
啊！
嗯…嗯…
噠
咻
歡迎…(香)…光臨…(咕)
噴
好髒
哇咧
奇怪的店員
搞什麼呀？在看到客人上門才趕快衝出來，滿嘴噴飯就像諧星一樣的店員
這個是只能在築地買得到的限定商品嗎？好吃嗎？
一個怪胎
啊，這柚…咕…呃…咕呃…野有…六三…浙家…子有…三品…
好像是在說雜誌上有介紹…我猜
有聽沒有懂
嗄？你說什麼？
完全不知道對方在說些什麼!!
嗯嗯啊啊…
嗯啊!!
給我一瓶
為了省麻煩買一瓶，但不是因為這個怪叔叔，而是因為相信六三郎才買的
之後又買了昆布、蔬菜等火鍋需要的食材
築地的蔬菜也很便宜
追加購買的鱈魚比場內貴一點
咚咚咚
咚咚咚
食材買得差不多了，也該回家了
場外賣的墨魚汁霜淇淋。
儘管已經想好了「呃？難吃，超難吃，這東西胸中無墨真不愧是墨魚汁(爆笑)」這台詞，吃起來也真的說不上好吃或不好吃。頂多只能用兩格的漫畫空間來介紹的失敗商品，嘖。

終於在築地採購完畢
咔嗟匡啷…
※澎派野吉養的貓
小澎家
打擾了
嗨，澎次郎…乖♪
來了一群渾身魚腥味的Gomas
啤酒沒有買很多，沒關係吧
沒關係的
呵呵呵，因為有比啤酒更適合乾杯的東西♪
卡嚓
那就是…這個
?
咚
MOET
你還沒喝呀!?
驚—
一直找不到時間喝嘛
※義大利之旅時飯店招待的香檳酒。詳情請看《第一次出國就去義大利》
開始來挑戰煮火鍋吧
首先要撬開牡蠣的殼，加油
哦
咬著手指在一旁看的小組
加油
加油
撬開牡蠣的方法
準備好綿布手套和刀子
也可以用菜刀取代刀子
將刀口在外殼接縫處用力敲碎，做出能將刀子插進去的空隙
咔
咔
插進刀子後沿著外殼內側劃過，切斷貝柱
尤拉
尤拉
尤拉
掰開就完成了
啪卡

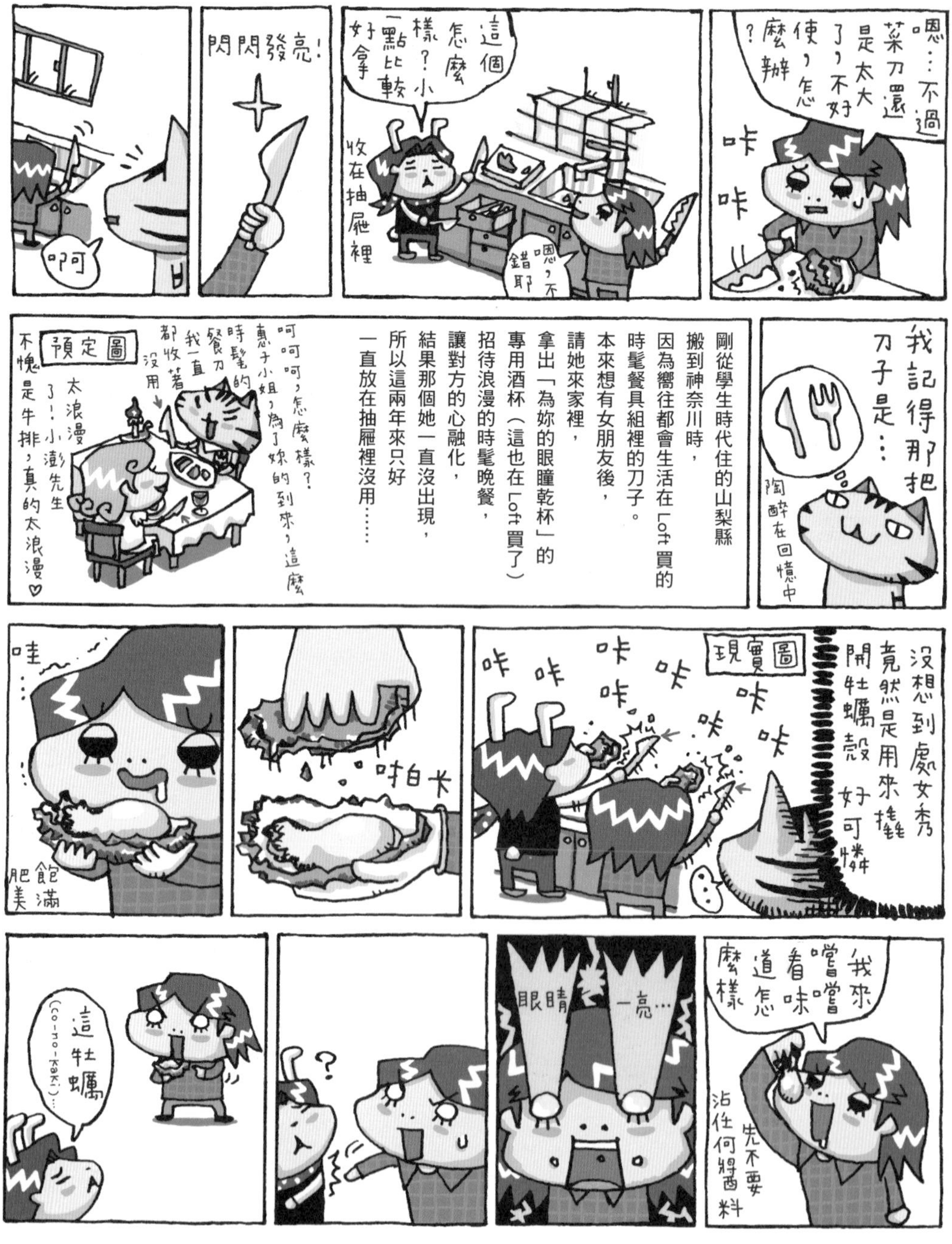

嗯…不過菜刀還是太大了，不好使，怎麼辦？
咔
咔
這個怎麼樣？小一點比較好拿
收在抽屜裡
嗯，不錯耶
閃閃發亮！
我記得那把刀子是…
陶醉在回憶中
剛從學生時代住的山梨縣搬到神奈川時，因為嚮往都會生活在Loft買的時髦餐具組裡的刀子。本來想有女朋友後，請她來家裡，拿出「為妳的眼瞳乾杯」的專用酒杯（這也在Loft買了）招待浪漫的時髦晚餐，讓對方的心融化，結果那個她一直沒出現，所以這兩年來只好一直放在抽屜裡沒用……
預定圖
呵呵呵，怎麼樣？惠子小姐，為了妳的到來，這麼時髦的餐刀我一直都收著沒用
太浪漫了！小澎先生
不愧是牛排，真的太浪漫♡
沒想到處女秀竟然是用來撬開牡蠣殼好可憐
現實圖
咔 咔 咔 咔 咔 咔 咔 咔
啪卡
哇～…
飽滿肥美
我來嚐嚐看味道怎麼樣
先不要沾任何醬料
眼睛一亮…
？
這牡蠣(ko-no-kaki)…

※請參考 p.5 登場人物介紹

四分五裂衣
咚——
我敲開牡蠣了，成功了，
好吃，鮮美多汁
我嚼呀……咔嗒嚼……嚼呀嚼……咔哩……
沒有吃到外殼碎片嗎
嘿嘿果然是自己料理的牡蠣最好吃
哼
妳所謂的料理就只是撬開而已
料理萬歲
怒火沖天
嘴邊沾有碎片喲
誰叫妳連殼都吃下去
哼！
兩個不會做菜的人對立!?
劍影
刀光
事到如今，沒辦法了，看我祭出我的拿手菜
肯定叫你大吃一驚!!
卡沙
爆玉米花!!
POP☆CORN
〈塩味〉
咚
不是要吃火鍋嗎!?
漸漸膨脹
碎碎碎碎
取出牡蠣作業完畢
好累呀，一次要取出30顆牡蠣
辛苦了
一點也不想幫忙的小組
啊哈哈哈
啊哈哈哈
啊哈哈哈

卡滋 卡滋 卡滋 卡滋
拿手的爆玉米花
馬上要吃火鍋了耶？
這個人怎麼隨時都在吃東西呢？
卡滋 卡滋
啊，對了。上次電視播出罰爬富士山的節目，我有錄下來，妳們要不要看？
嗶
鏘！
啪！
我不行了，快累死人了
呼 呼 呼
啪
呼呼 好喘喲 呼呼
快受不了了
我懂，那種痛苦 我懂呀!!
加油── 嗚嗚 ─ 加油啊─
啊，還有好看的驚悚片
嗶
啪
我喜歡驚悚片
我不行驚悚片，
這算什麼挑戰嘛
沙 咻 啊!! 撲咻
卡滋卡滋卡滋~
卡嚓~
噗滋~
長片結束
啊──
糾在一起
不停發抖
光是聽聲音都會害怕，落得只好自己一個人備菜的平田編輯
咚──
備菜也結束了

好棒喲，紅蘿蔔太厲害了
辛苦了！
辛苦妳了
終於要開始煮火鍋。水裡加入昆布，然後點火
水開後，先放魚肉
接著是蔬菜、豆腐、香菇類等煮到冒泡
耶
最後將整盤牡蠣放進去煮熟
劈哩啪啦
完成了
咕嚕
咕嚕
咕嚕
冒泡
烤的牡蠣
生牡蠣
今天起得夠早，大家都辛苦了♪
乾杯～♪
六三郎柚子醬油
蘿蔔泥
咕嚕咕嚕
我要吃了
呼呼
太好吃了!!
做得好，六三郎
真是太美味了

火鍋最棒了
好吃
好吃
好吃
好吃
呼
呼
呼
螃蟹耶!!
耶!♪
咚——
ㄎ嚓
輕輕抽出
好Q軟喲
好
啊—
啊—
好甜喲!
好彈牙喲!
看得眼發直—
口水不停流
!!
怎麼了?想吃螃蟹嗎?還有很多呀,拿去呀!
幫我剝殼
幫我剝殼
不會吧
螃蟹或蝦子沒有人幫忙剝殼就不吃一族
幫忙剝完殼後
大快朵頤
大快朵頤

呵呵呵！好大一盤
最後壓軸的當然就是⋯
海膽！！
咚——
海膽大人
哇哇♪
海膽
海膽
海膽
海膽
好大口
微微
抖動
放在熱騰騰的白飯上
加上海苔
咚——
海膽飯！！
咚——
哇、真是好吃得沒話說。海膽最棒了。雖然早起很痛苦，但是便宜又好吃的築地實在很迷人，我還想再去
有誰還要喝啤酒嗎？
卡嚓
打嗝
已經喝不下了，嗝
驚然發覺
啊
一不留神只顧用啤酒乾杯，又忘了開來喝的香檳酒
這一次的挑戰也很辛苦，肚子都快吃撐了⋯
真是不好意思
下一次再繼續挑戰，我想應該沒問題吧
打嗝
打嗝
我還能吃
打嗝
結束

The Photo Gallery

(右)早上七點。築地市場的競標已經結束，還這麼早就呈現出告一段落的氣氛。

(左)看到到處都陳列新鮮的魚類，實在太壯觀了！

←市場內有供業者使用的餐廳。

↑這裡是業者認真拚輸贏的場所。原本很擔心會影響他們，結果卻得到自然親切的對應，逛一整趟下來也很辛苦。

←一大早就吃壽司，真奢侈。這裡的食材果然很新鮮。

(右)早餐後轉往場外市場。有很多一般民眾，顯得十分熱鬧。

(左)場外不只賣鮮魚，也有各種食材。買些牛肉拿來煎牛排，應該不錯吃。

↑這是真的，居然有這種東西耶。

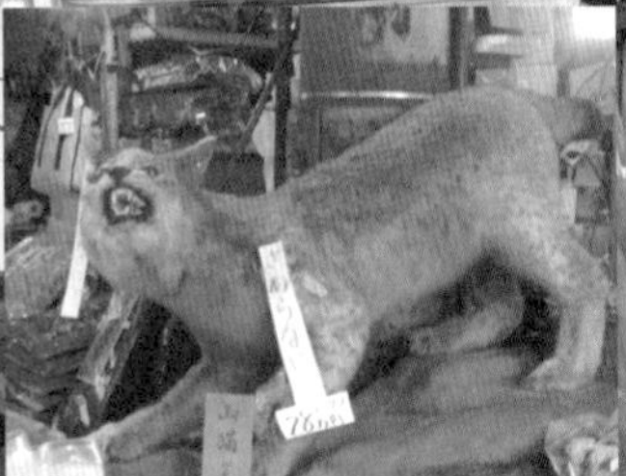

↑還有像這樣的東西。

↑這家店到底賣些什麼東東？

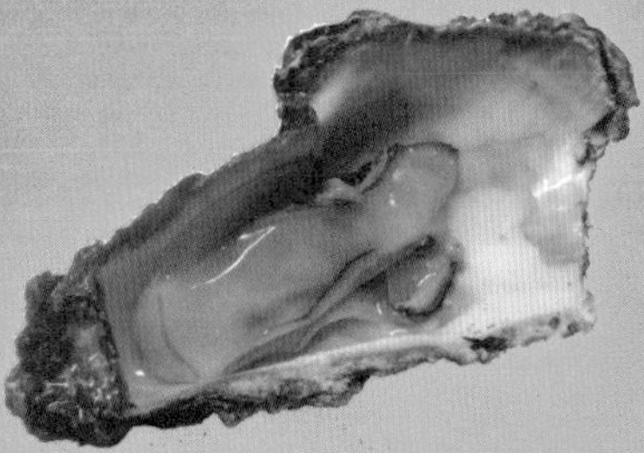

(上)牡蠣的外殼。
(右)大概不是用慣的鐮刀，所以剝得很辛苦。
(左)不知道該怎麼說，這是金子編輯的拿手菜。

↑小澎的愛貓澎次郎。對金子編輯的兔毛包很感興趣的樣子。

(右)其他人都在看驚悚片，只有平田編輯默默備菜。
(左)小澎說要幫忙，就把最費事的章魚推給他處理。

→完成了！牡蠣火鍋加生牡蠣、章魚生魚片、水煮螃蟹！不好意思，太豪華了。
↓因此，拍了這張紀念照。（為何？）

↑開始享用火鍋！怎麼看都像是「到好朋友家吃火鍋」的畫面。

↑滿滿都是料的海膽飯，好吃到快飆淚。

↑吃得好飽，打嗝。這一次的挑戰項目……應該要算是早起吧？

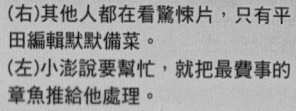

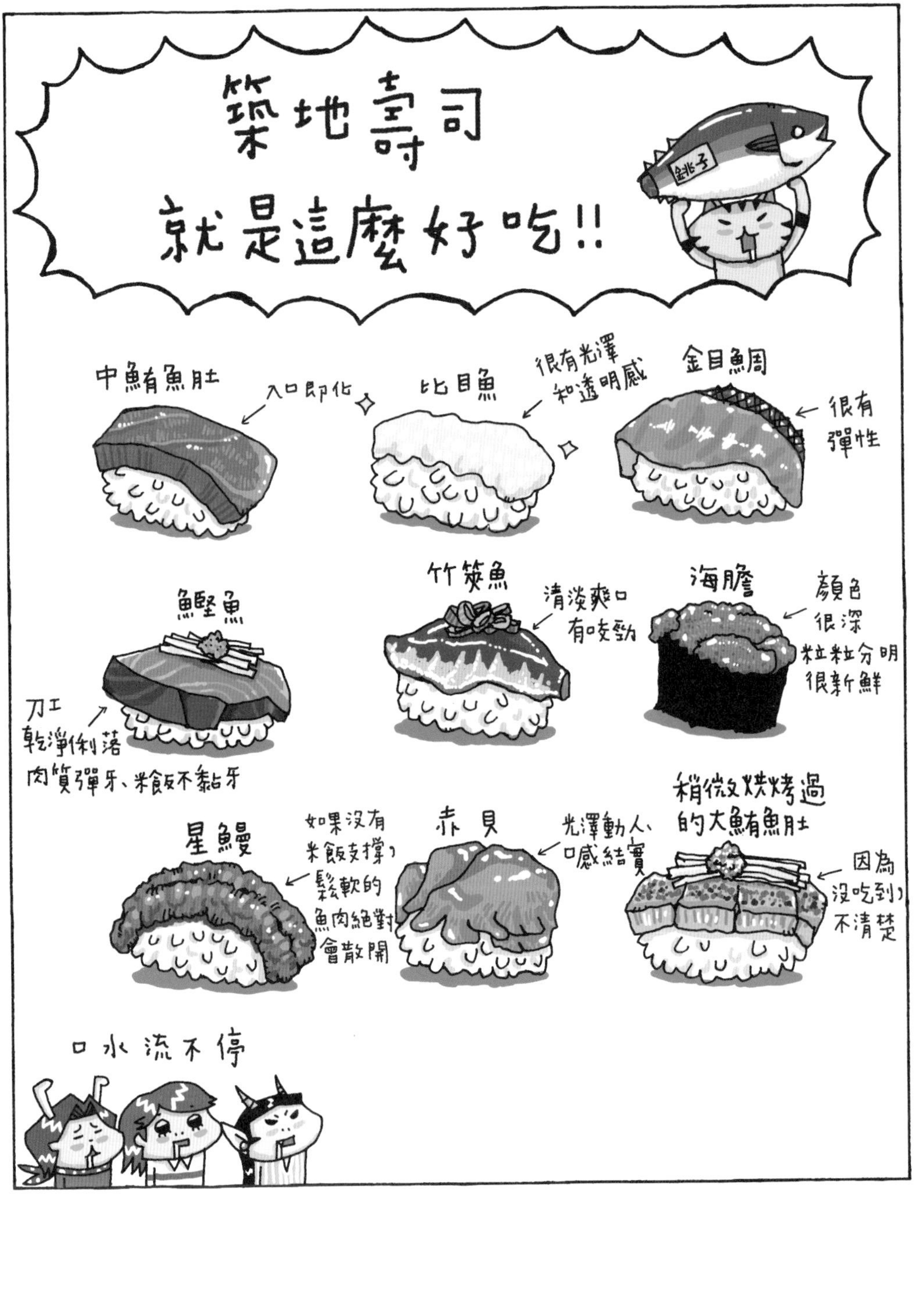

築地壽司
就是這麼好吃!!
銚子
中鮪魚肚
入口即化
比目魚
很有光澤
和透明感
金目鯛
很有
彈性
鰹魚
刀工
乾淨俐落
肉質彈牙、米飯不黏牙
竹筴魚
清淡爽口
有咬勁
海膽
顏色
很深
粒粒分明
很新鮮
星鰻
如果沒有
米飯支撐，
鬆軟的
魚肉絕對
會散開
赤貝
光澤動人、
口感結實
稍微烘烤過
的大鮪魚肚
因為
沒吃到，
不清楚
口水流不停

第3章

利用禪修矯正澎湃野吉歪七扭八的個性!!

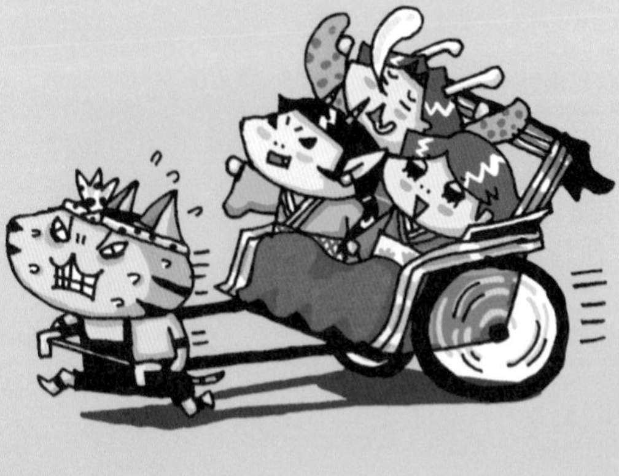

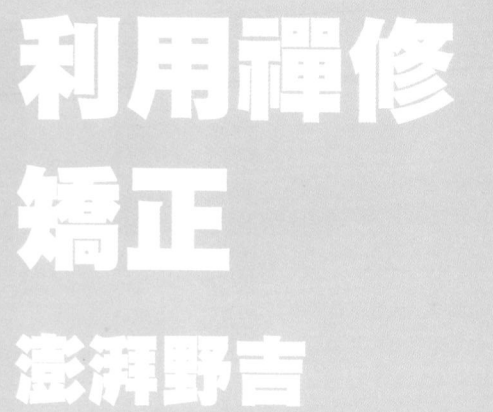

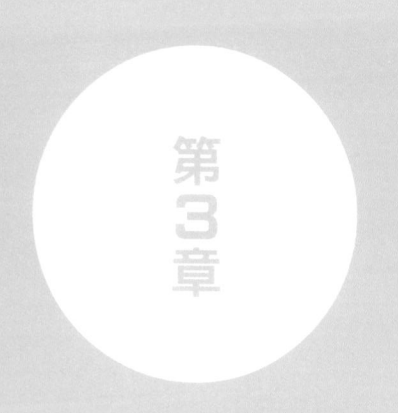

The Editors' Report

不遵守截稿期限的扭曲個性能否靠禪修矯正呢？

本書「澎湃旅行」系列處女作《第一次出國就去義大利》從取材到出版，大約經過2年半的歲月才完成。為什麼會花這麼多的時間呢？原因在於作者小澎一而再地耽誤了截稿期限。只要一到截稿日期，他就玩找不到人的把戲，電話、傳真機和電子郵箱都關上，當然該交的稿子也沒交。每一次編輯都不管深夜或清晨，直接闖入民宅，調整出書進度……一次又一次。另外季刊《BONte》上的連載系列的稿子當然也不可能遵守期限，害得編輯部為了趕得及出版，每一期都得熬夜苦戰。

本章主題是在歷經不知道第幾次《第一次出國就去義大利》延期上市後的企畫會議上決定的。已受不了截稿期限被踐踏掃地的編輯部，大家集思廣益看看有沒有辦法可以矯正那傢伙歪七扭八的個性……這時靈光乍現，對了！靜坐禪修。要是能靜坐在只能聽見風吹過樹梢的聲音、氣氛莊嚴空

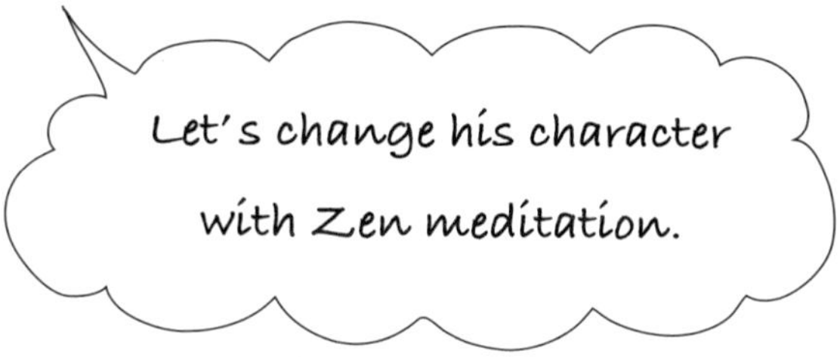
Let's change his character
with Zen meditation.

氣澄靜的寺廟裡禪修，即便是小澎，肯定也能稍微洗心革面吧。雖然很想去沖繩取材，但因為澎湃旅行嚴重脫稿無法成行，只能改為附近的景點……所以這個提議豈不正好。就這樣大家立刻開始尋找可以禪修的地方，聽說鎌倉的寺廟可以。「鎌倉嗎？既然這樣，應該還有其他可做的事或想去的景點才對？」……頓時彷彿「一百零八煩惱」上身，其實也沒有啦。而是因為儘管離東京很近，但既然要去鎌倉，取材的內容當然越多越好，不是嗎？這樣小澎也比較容易畫吧？也算是編輯部的貼心顧慮。

於是開始了「矯正扭曲個性計畫」，最後結案時卻變成：以禪修為主，加上穿和服逛街散步、搭人力車、參觀大佛……的鎌倉一日遊。居然在不知不覺間做出了充滿歡樂氣氛的漫步鎌倉計畫……。

不，禪修還是在預定行程裡，所以應該沒問題吧……。

請看看我們一行人的鎌倉悠遊過程和禪修的成果。究竟體驗過禪修後，小澎的個性是否稍微矯正了呢？之後能否遵守截稿期限了呢？

……雖然答案大概想像得到了……

※ 本章係根據 2007 年 6 月的經驗描繪而成。

氣氛肅殺
SUZU 檢察官
……如此所述，被告澎湃野吉一再不遵守第一次出國就去義大利截稿期限，造成延期上市！真是太不像話了！說什麼村子沒電的荒唐理由鬧出這種事件，簡直是罪大惡極的拖畫家！
激動
金子法官
原來如此，確實罪大惡極。
本庭知道了。
這傢伙真的很過分(哭泣)……
被告 澎湃野吉
那就宣判死刑吧？
蝦密！判決的速度也太快了吧？都還沒聽一下辯護律師的說法呀，庭上
平田 辯護律師
打瞌睡
哪A阿捏？
辯護律師還活著嗎？死了嗎？好，判決……
……
庭上，謝謝您適當且公正的判決。可是儘管他是個罪大惡極的拖畫家，但因為目前他還有連載，我想要讓他好好工作以補償這次旅行記延期產生的損失，因此想要透過禪修來矯正他爛到不行的個性，不知庭上意下如何？
認可，本庭宣判被告澎湃春蟲蛋到鎌倉的寺廟接受禪修以矯正扭曲的個性
驚馬——
天啊！怎麼會是禪修？而且我又不是澎湃春蟲蛋
圖解
我都跟她們說，我有在畫呀。等看完電視就會開始。小事一樁啦！
啪
啪
啪
煥然一新
這是下個月截稿的稿子，請收下

義大利旅行記延期上市紀念企畫
利用禪修矯正澎湃野吉
歪七扭八的個性!!
in 鎌倉
因此，這一次特別企畫準備的是「到鎌倉寺廟禪修矯正個性，變成能夠遵守截稿期限的人」
不過光是禪修，就漫畫而言顯得很單調，既然要去鎌倉，不如順便觀光？可以租和服穿，到廟裡走走，怎麼樣？也好發洩一下工作的壓力？
贊成！
我還想搭人力車♪
我想要去參觀大佛
這一次行程
鎌倉車站集合
到和服店
租和服穿
漫步鎌倉街頭，逛小町通等名勝…
午餐
參拜鶴岡八幡宮
搭人力車，
前去參觀鎌倉大佛
到寺廟禪修
買鴿子奶油餅乾
回小澎家，直接在Gomas的監視下，要求小澎不眠不休於早晨之前完成這一次的稿子
慢點！最後的紅字部分不會太奇怪嗎？您遊完鎌倉，當天回家後就得完成稿子？甚至還得熬夜嗎？
不行啦，那樣會很累耶
怎麼可以這麼說！這一次非得要有嚴守期限的決心才行。我們不會放過你的！
不管
當天AM11:00
鎌倉車站

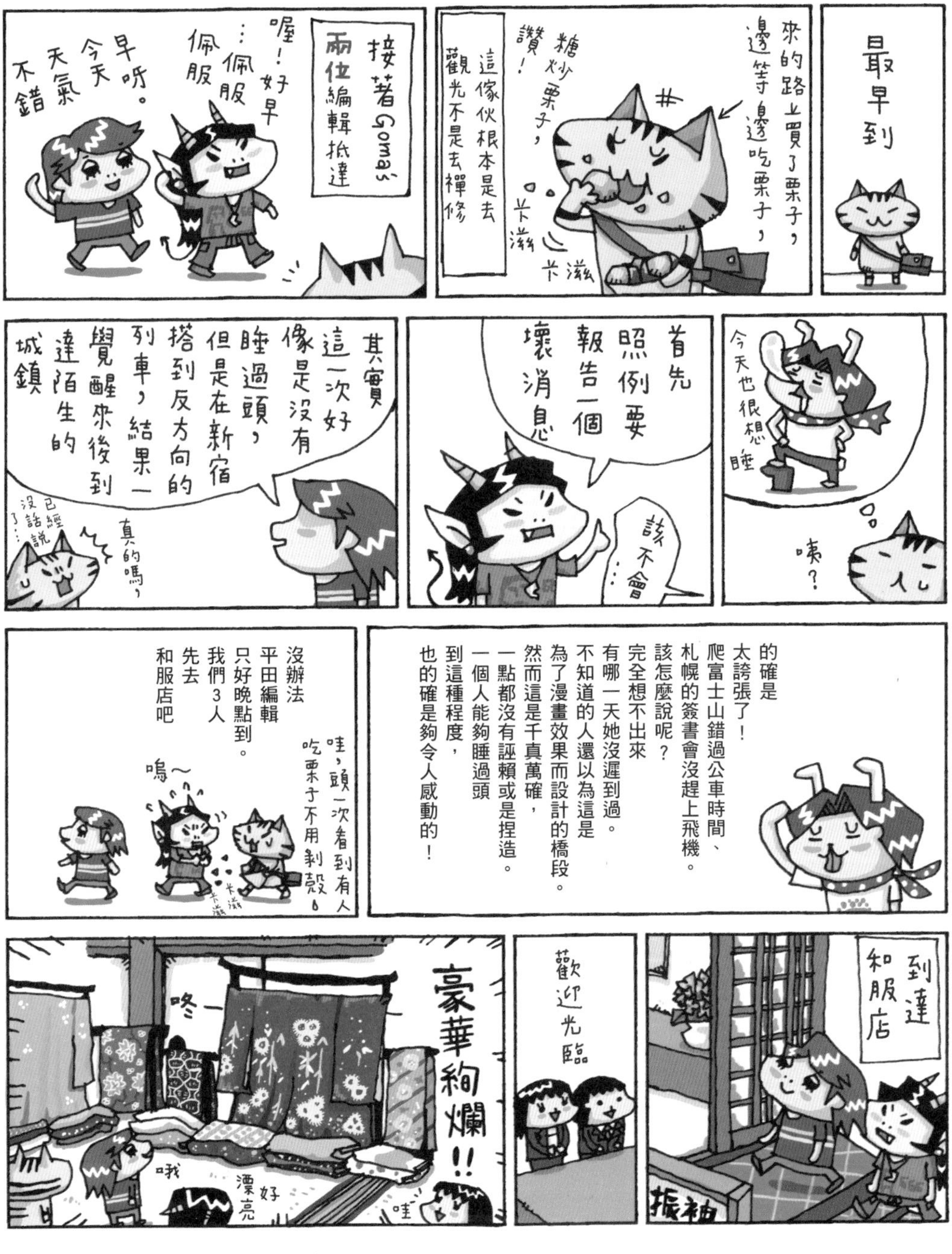
最早到
來的路上買了栗子，邊等邊吃栗子，
糖炒栗子，讚！
這傢伙根本是去觀光不是去禪修
ㄔ滋 ㄔ滋
接著Goma's兩位編輯抵達
喔！好早
…佩服佩服
早呀。今天天氣不錯
今天也很想睡
咦？
首先照例要報告一個壞消息
該不會…
其實這一次好像是沒有睡過頭，但是在新宿搭到反方向的列車，結果一覺醒來後到達陌生的城鎮
真的嗎，
已經沒話說了…
的確是太誇張了！
爬富士山錯過公車時間、札幌的簽書會沒趕上飛機。
該怎麼說呢？
完全想不出來有哪一天她沒遲到過。
不知道的人還以為這是為了漫畫效果而設計的橋段。
然而這是千真萬確，一點都沒有誣賴或是捏造。
一個人能夠睡過頭到這種程度，也的確是夠令人感動的！
沒辦法
平田編輯只好晚點到。
我們3人先去和服店吧
嗚～
哇，頭一次看到有人吃栗子不用剝殼。
ㄔ滋 ㄔ滋
到達和服店
振袖
歡迎光臨
豪華絢爛!!
咚一
哦
好漂亮
哇

哦！好華麗喲！不知道該選哪一套好♪
呵呵
那是要賣的，租借的在這邊
顯得樸素許多
可以租借的和服只有七種。畢竟是租借的，沒什麼好抱怨
咚—
哦…是哦
至於男生的只有一種可選
這也太過份了吧!?
什麼
選好和服（只有女生）後，各自進更衣室著裝
那待會見
是和室耶，有榻榻米
嗯
這哪裡是更衣室，倒像是倉庫，感覺對男客有差別待遇
足袋
雖然出租的男生和服沒有選擇餘地，但還是很期待……
這是男生穿的和服
怎麼比想像要樸素，不過…
還好不是像這樣子
花枝招展♪
因為不會穿，只好請店員幫忙
對方雖然年輕，卻會穿和服，好厲害
可是…
呼 可以了♪
咚咚咚咚
……
咦？
不好意思，我可以重新幫客人穿嗎？
哦，可以呀，麻煩你了
咻咻
嗯…從這裡穿進去後拉出來，轉一下，再…嗎？我可以重新再試嗎？
好呀
用力拉
像這樣先抓住這裡，然後用力拉緊…接著這裡…不好意思，我可以去找其他人幫忙嗎？
用力綁
根本沒穿好嘛!!
咚—

好像有點問題喲⋯⋯
真是的!!
結果大概是老闆娘的人親自出馬幫忙著裝，可是⋯她竟然說「腰帶還是剩太長，那就塞進去好了!!」
看來男生的和服不太有人租借，所以著裝工夫不太純熟吧
啊，是這樣子掰啊
原來如此
就這樣完成了
將——錯吧!!
不
沒想到我穿和服也很帥哩
租借期間可把衣物和包包等行李交給和服店保管，身上只需帶貴重物品
寄放的東西
畢竟需要取材，必須帶著數位相機、錄影機、錄影帶和電池走才行，問題是身上擺不下這麼多東西，正在煩惱之際
唉
唉
怎麼辦才好
這是你的包包哦？
那就只要將衣物寄放在這裡，包包你帶著走如何？
店家說
哦？
沙
咚
沙
沙
沙
最後放棄帶備份的電池和錄影帶，只挑了數位相機、錄影機和錢包三種神器⋯反正總比斜背包好吧
錄影機
數位相機
錢包
那幹嘛要建議我背包包!!
可惡
氣——
這樣感覺很怪吧
和服搭斜背包
是很怪呀
噗

重穿好幾遍，浪費了不少時間，沒想到女生著裝更花時間。我換好後還等了30分鐘
讓你久等了
哦！穿上和服了
哇！♪
怎麼樣呀
怎麼樣呀
鏘將！
不錯嘛不錯嘛
啊
不好意思
不知從何時起搭錯車的人也到了
早呀
遲到40分鐘才來
出發去鎌倉觀光!!
水噹噹
水噹噹
水噹噹
水噹噹
鎌倉街頭有很多傳統日本建築夾雜近代西方風格的住家，可見得鎌倉人不拘泥的寬容性格。
這是和風
這是摩登風
路標似乎寫得有些籠統，肯定也是寬容
海往那裡
山往這裡
狗糞、拜託
小町通
小町通
有很多觀光客的熱鬧商店街
主要觀光客大致可分為歐巴桑和到鎌倉旅行的小朋友們
嘰哩呱啦
嘰哩呱啦
嘰哩呱啦
嘰哩呱啦
需要潤潤喉嚨嗎？
鎌倉啤酒!!
有清涼勁

大熱天就是要這一味
咕嚕咕嚕
不行，總不能穿這樣邊走邊灌啤酒吧。
看到一群小朋友圍在傳統糖果鋪的前面，還以為馬上會有現場製作的表演……
せき止飴
結果老闆像是說故事般一張一張介紹曾經來店裡留下照片的藝人
哇 好厲害喲
好棒呀
這是……
另一邊……
放在店裡面的人偶好像是在說：
我們老闆很喜歡藝人，不過也會現場表演製作糖果，不多就是了
呵呵
糖果鋪對面是賣可麗餅的店，這種混雜感覺很好
穿和服在路上走實在引人注目
哇 好漂亮
哇一你們看一
哦
哇，藝伎耶
尤其很受到外國觀光客的喜愛
你們好
你們好
中午吃蕎麥麵
和服的袖子太長，只好放棄吃咖哩烏龍麵
唏哩呼嚕
十分美味，呵呵呵
鶴岡八幡宮
因為校外觀摩的關係，到處都有小朋友
幽靜的池塘
有水黽耶。好久沒看到水黽了。這裡感覺很涼快。有水黽真不錯耶。

相較之下，最好笑的是這個長得好醜的狛犬!!好像猩猩
手臂又粗又長
到處有小朋友跑來跑去，搞得塵土揚起
哇
哇
哇～
哇～
1號犧牲者
啊，砂子飛進眼睛裡了。
眼睛大的人真倒楣。不過飛塵真的很嚴重，哼
2號犧牲者(?)
嘴裡跑進砂子
咚——
難不成妳整天都張開嘴巴嗎
應該不至於吧
添完香油錢後，來求神吧
希望隔壁的人能夠遵守截稿期限
希望隔壁的人能夠延長截稿期限
事前計畫好的抽籤挑戰
大凶
凶
小吉
心中五味雜陳
這群人是怎樣
大凶…
好過分
金子編輯不抽籤嗎？
惡魔不抽籤
咚——
頭一次聽說
紅豆湯
蜜豆水
回到小町通，進冰果店休息
呼
大熱天走了不少路

嘿嘿嘿，甜點我要吃了你♪
嗯？
唉呀，和服真漂亮！
就是說嘛，很適合妳們耶
感覺很不錯
妳們的和服是自己穿上的嗎？還是有人幫忙？
是組來的哦!?是組來的哦？有用組的哦？是這樣子嗎？唉呀，真的是這樣子嗎？
不好意思捏，一直盯著妳們看，果然還是年輕好…可以穿那麼漂亮的衣服
不過應該妳們有很熱吧，妳們有養狗嗎？
是組來的
#
是的
#
……
#
歐巴桑真是能扯。
人力車
接下來要搭人力車去參觀鎌倉大佛
在跟車伕交涉載我們去看鎌倉大佛
睡著了嗎？
睡著了嗎？
睡著了嗎？
談成了
睡著了
睡著了
睡著了
車伕
請多指教
顯得很有活力
各位好，我們一定會將公主們送到大佛下面♪
雖然不是肌肉男，但曬得黑黑的身材很結實
人力車大圖解
怕曬太陽時可攤開來用
安全帶
哎呀，這是避免走光也可以防寒用的吧？
上下車時用的腳墊，
可收在後面

我們開始往鎌倉大佛前進。上車前還很擔心會很搖晃，沒想到感覺很平穩，風吹在身上好舒服。本來以為搭人力車應該很安靜吧……
噠噠噠
噠噠噠
請問各位公主打哪來的呢？原來是東京呀，各位真是好運氣，來得正是時候…
嘰哩呱啦
現在正是繡球花最漂亮的花季。但因為雨水少，所以還沒開，不過…
人力車不用汽油，所以很環保。我們是靠水和飯糰發動的。
噠噠噠
這位老兄真是愛說話，一路邊跑邊說個不停。也算是一種特技吧，難道都不會喘不過氣來嗎？
不過像這樣的組合出現在街頭…
老實說…
和服
+
人力車
完全成了被觀光的對象
真美！
哇
是電視台在攝影嗎
哇
不好意思，借過
這邊看
好漂亮
不錯哦
很相配
小澎看起來好像有錢人家的大少爺哦♪
大少爺!!
大少爺!!
啪嚓
誰說是傻少爺!!
我都聽見了，可惡
呼—
哎呀
…
…
幹嘛那麼生氣呢
看呀，好像大少奶奶在勸撫老公
在勸撫老公說誰是傻少奶奶！我都聽見了（氣）
我又不是他老婆

提出單純的疑問
請問拉人力車很費力吧？
你是大力士嗎？
其實還好，只要懂得訣竅的話並不費力的
一旦習慣後，女性也能勝任的
真的嗎
實際上也有女車伕(？)
感覺很沒有說服力
好一陡
好厲害，就算是上坡也跑得飛快
咻
高德院
鎌倉大佛本來是在建築物裡，因為海嘯沖毀建築物，所以現在才會暴露在外面
另外，大佛本來是金身，因為風吹雨打，身上的金箔……
鎌倉大佛
好大呀！怎麼會那麼大！頭也好大！燙的捲捲頭也很厲害(誤)一顆一顆粒粒分明
好大喲
好大喲
燙髮好厲害
難得來一趟，也順便參觀背部吧？應該沒看過吧？請繞到後面
正面因為電視和雜誌常介紹，所以很有名
不過…這麼說來還真的沒看過背面，平常都被奇妙的燙髮造型給吸引住了。到底大佛的背後長什麼樣子，還真是不知道！當然想一探究竟囉!!
繞到後面
結果看到了
這…這是蝦密
真的嗎

有逃生口
咚——
什麼？這個……該不會是……
這是怎麼回事
平田記者在現場報導，這裡現在非常危險！建築物被破壞，民眾四處竄逃。整條街陷入火海中。這不是夢，是真實世界。即便在這種情況下，我還是很想睡，所以應該不是作夢吧
轟咚……
天啊
可是，到底有誰能阻止這種狀況呢？
金子金剛特大號
咚
轟轟！
可惡的金子金剛
SUZU同志！
啟動大佛吧
遵命！啟動大佛
大吉
交通安全
合格
就位
咻——
1
2
啪
啪
喀
吼——
大佛，上！GO——!!
來吧!!
吼!!
大佛 大佛
大佛 大佛

是這樣子嗎？
才不是呢
因為大佛裡面是中空的，所以是通風口
之後送我們回和服店
下次請再來
謝謝
謝謝
歸還租借的和服
呼，還是穿自己的衣服舒服
我其實是穿大佛T恤來的
……
……
那就回到車站買鴿子奶油餅乾後回家吧
啊，辛苦了
喂!!
去禪修!!
禪修才是今天的主要目的！
因為搭人力車太過盡興，遲到了30分鐘
至於開放讓一般民眾也能禪修的課程……
有嗎？
是嗎？
安靜無聲
……
很難走進去的感覺
這是來真的
無言
總之為了不打擾其他人，只好偷偷進入坐在角落
偷偷摸摸
跟著其他人有樣學樣
像這樣子嗎？
好難呀
又麻
又痠
偷瞄一眼
惡魔不盤腿
側坐

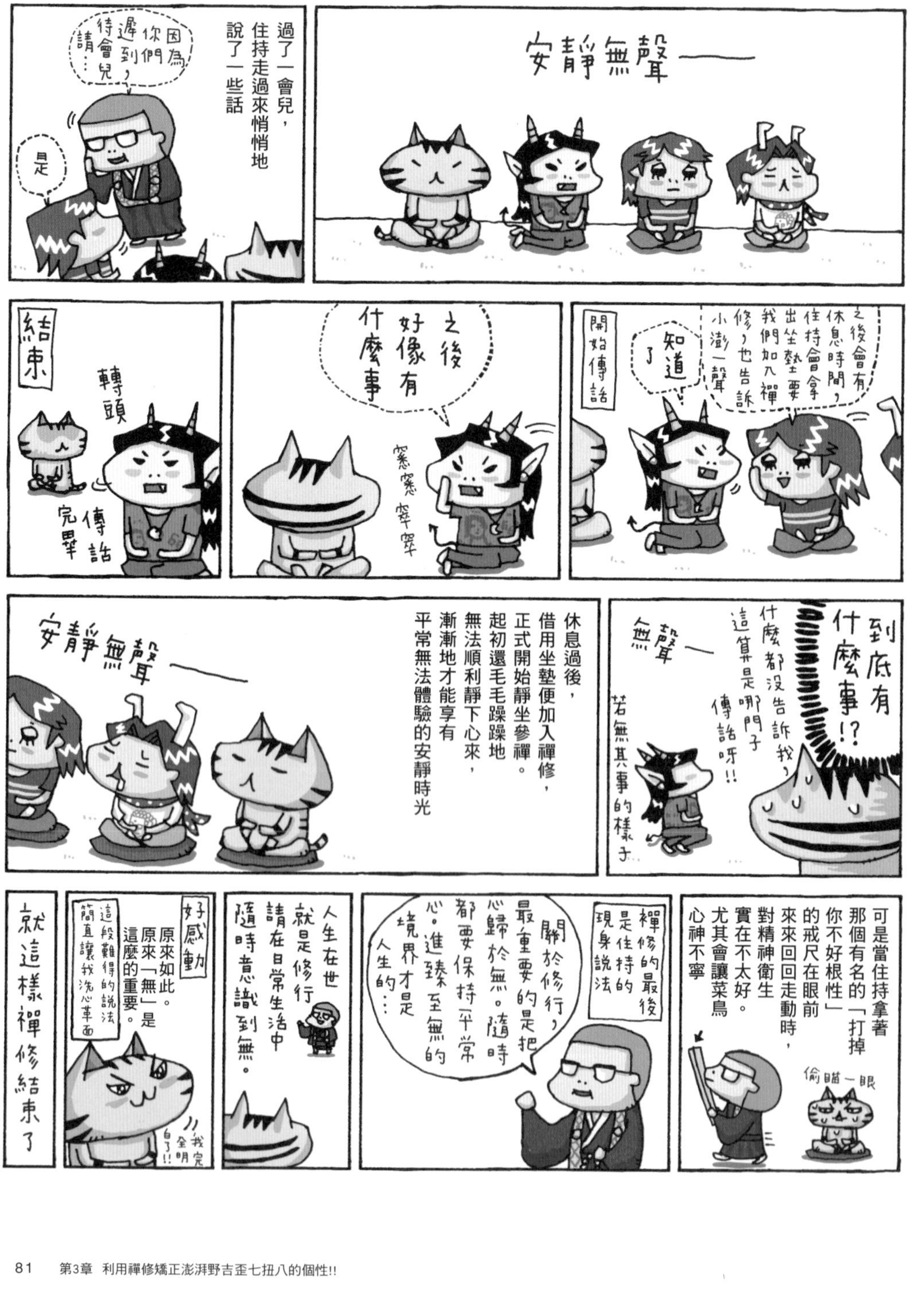

過了一會兒，住持走過來悄悄地說了一些話
因為你們遲到，請待會兒⋯
是
安靜無聲——
之後會有休息時間，住持會拿出坐墊要我們加入禪修，也告訴小澎一聲
知道了
開始傳話
之後好像有什麼事
窸窸窣窣
結束
轉頭
傳話完畢
到底有什麼事!?
什麼都沒告訴我，這算是哪門子傳話呀!!
無聲——
若無其事的樣子
休息過後，借用坐墊便加入禪修，正式開始靜坐參禪。起初還毛毛躁躁地無法順利靜下心來，漸漸地才能享有平常無法體驗的安靜時光
安靜無聲——
可是當住持拿著那個有名的「打掉你不好根性」的戒尺在眼前來來回回走動時，對精神衛生實在不太好。尤其會讓菜鳥心神不寧
偷瞄一眼
禪修的最後是住持的現身說法
關於修行，最重要的是把心歸於無。隨時都要保持平常心。進臻至無的境界才是人生的⋯
人生在世就是修行
請在日常生活中隨時意識到無。
好感動
原來如此。原來「無」是這麼的重要。
這段難得的說法簡直讓我洗心革面
我全明白了!!
就這樣禪修結束了

辛苦了，怎麼樣呀？小澎扭曲的個性是否已經矯正了呢？是否已經洗心革面會遵守這次的期限呢？
……
無言
是呀，當然是…
轉過頭來
轉過頭來
咚——
無理（不可能）囉
直截了當
因為有個無字
你說什麼
天啊
要幫妳剝栗子殼嗎？妳應該不會剝吧？
不需要勉強自己（無理）
感覺變得好假仙呀
無言
打算活在無理的境界嗎
問題是他從來都不會勉強自己呀
之後買完鴿子奶油餅乾便和金子編輯分手
我要回公司加班了，各位再見了
23點回到家
雖然沒人在，還是大聲喊「我回來了」
喀
嗯，辛苦了。因為很少穿和服又走了那麼多路，感覺特別累。兩位請好好休息吧
呼，受不了
快點開始工作!!
現在就開始畫鎌倉的稿子
快呀，快開始畫!!
疾言
厲色
快呀，快開始畫!!至少泡杯咖啡給我喝嘛，要很香的才行
……
還沒好嗎？
我們等不下去了
從鎌倉一回來就要我畫漫畫，其實明天開始也來得及呀
振筆疾書
這一次沒畫好我們就不回去!
別想偷懶，我們會一直監視著你
消夜和點心都買了，沒畫完就不准睡覺
……

還不快畫!!
咚
咕嚕
咕嚕
別想睡，快畫!!
哼——
片滋
片滋
嗯，加油！
大佛會保佑你!!
不行，你的手停止了，快動起來～
我們一直監視著
你逃不掉的
……
於是半夜3點過後……
嗚……
好想睡喲……
意識……
綿羊……
大佛……
搖搖
晃晃
搖搖
晃晃
咚——
大佛
糟了，這幾個月都在趕那本來不及出版的第一次出國就去義大利，雖然最後結局是延期上市。但因為每天都在畫義大利和國外雕像，而且也因為進度落後，更想用品質來彌補。
像這樣
像這樣
沒想到現在畫什麼都成了外國人的臉孔
咚——
不行啦!!
妳們兩個還記得大佛長什麼樣嗎
啪
居然都睡了!!
呼
呼
無言
別想逃
嘰哩呱啦
呼～
哇～
嚇一跳!!
所以這一次總算能準時交稿
上次爬富士山時，金子編輯用過的鋁箔紙，不是啦，是簡易保溫毯
不要偷懶……
呼呼大睡
給我好好畫……
呼呼大睡
呼呼呼——
是嗎？
終

The Photo

↑定期觀光巴士的名稱也充滿了鐮倉風情(義經、靜、賴朝，都是跟鐮倉有關的歷史人物)。

↑鐮倉車站前的小町通。雖然不是假日也有很多人，很熱鬧。

(右) 換裝後，開始漫步鐮倉街頭。

(左)今天天氣很好，走不到30分鐘就發現穿和服似乎太熱了。

←鶴岡八幡宮的鳥居，離馬路很近。

↑神社裡有來旅行的學生們、上了年紀的歐巴桑、歐吉桑和外國觀光客，十分熱鬧。

↑用「手水」洗手的小澎。看到他這樣子感覺很帥氣，和服的力量真不是蓋的。

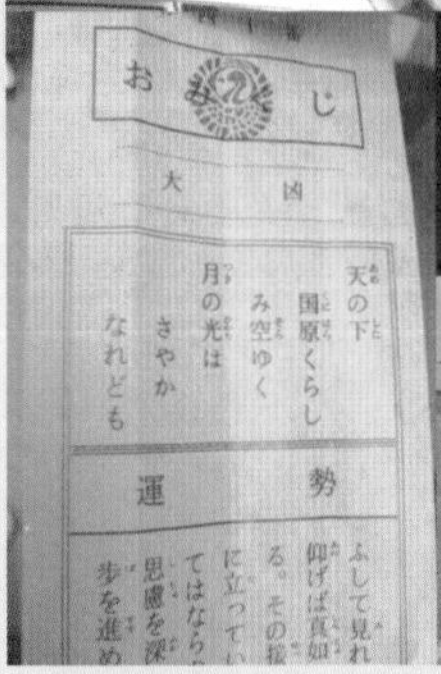

↑平田的大凶籤文，實際上很少看到大凶的籤。

↑將凶和大凶的籤綁在這裡，嘴裡要說「請神明化凶為吉」。

↑爬完一段頗長的階梯，上面有神社。穿和服爬階梯很辛苦。

→傳說中的狛犬。

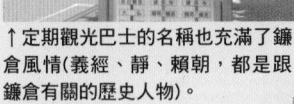

↓穿過住宅區，雖然坡度很陡，速度依然不減。

↓搭人力車到有大佛的高德院。車子飛快地沿著馬路邊走。

↑在狹隘的巷道裡，會很有禮貌地讓路。遇到當地居民也會點頭致意。

↑有時會走路肩或馬路。如果沒有塞車的話，不知道會變成怎樣……？

↑在人力車上拍紀念照。感覺有些難為情，但畢竟是難得的經驗。

(右) 散步在小巷裡。鐮倉多巷道，走進或許會有意想不到的偶遇。
(左)例如，像是這樣的告示板(狗糞、拜託)，大概請自理的文字褪色了吧。

↓鐮倉大佛。抬頭仰望，儘管平常不夠虔誠，心情也覺得莊嚴了起來。

→這個時期的鐮倉到處開滿了鮮花，為旅行助興不少。

↑路上常能看到松鼠，聽說品種是台灣松鼠。

↑鐮倉充滿了綠意，感覺很舒服。

↑這一次的主要目的是到這裡體驗禪修。

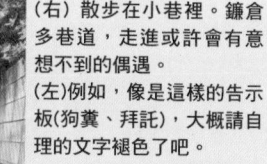

鐮倉
有這麼多的名產!!
繡球花
初夏是
賞花好時節♪
鴿子奶油餅乾
香香
脆脆
鴿子奶油餅乾
包裝的
鐵盒很棒♪
好好吃喲
卡滋卡滋
卡滋卡滋
很濃奶油味
江之電
咔噠匡啷
提到鐮倉就想到江之電，
可惜這一次沒搭到
松鼠
經常會出現在
民宅的圍牆上
我們是松鼠
沒錯
好棒喲
是松鼠耶
有松鼠啊！

第4章

澎湃野吉改造計畫
挑戰熱瑜伽
&
在家也能運動
&
自己做飯吃!!

The Editors' Report

一口氣解決小澎運動不足、營養失調的問題吧

三餐不是吃便利商店賣的便當就是泡麵。不但極其討厭外出，也因為職業的關係，幾乎都在家工作。就像畫裡一樣過著不正常生活的小澎。知道他的生活模式時，有許多書迷紛紛表示關心，於是編輯部想到：「不管做什麼，身體是最大的資本，年過30還過著那樣的生活，身體肯定會出大問題的！為了今後能夠準時交出完美的作品，當然希望他健健康康……因此必須先檢驗一下小澎的身體到底有多糟，並協助他開始過留意健康的生活！」

接著就跑去找小澎商量。「先去健康檢查。」「不要！」「那就做個簡單的體檢。」「我更不想！」「體力測量呢？」「我也不要！」「那你想要怎樣嘛？」「我什麼都不要，只想安靜待在家裡」……喂，就是因為這樣，才讓大家擔心呀。想

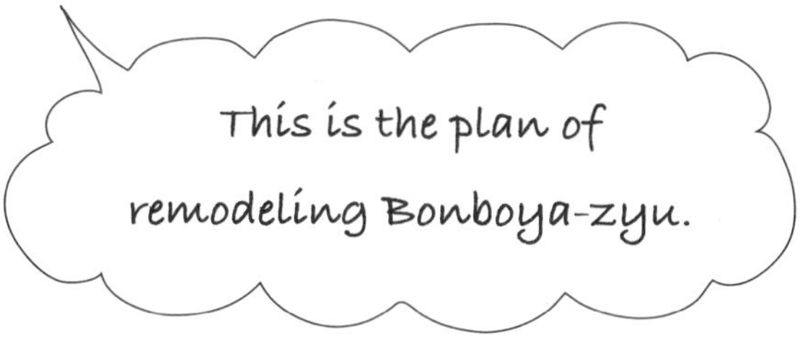
This is the plan of
remodeling Bonboya-zyu.

到的提議都被否決，編輯部只好擅自推動小澎的健康化企畫。

首先，為了計算生活中有多少運動量，請他在起床到就寢之間整天都配戴計步器。為了做比較，SUZU編輯也在同一時期測定。結果小澎一天生活的平均步數，居然只有「856步」，相對地SUZU編輯是「7635步」。SUZU編輯的數字也不能說是很多，但小澎的數字真的是很慘。

要讓一個平常幾乎不動的人突然做起激烈運動，恐怕有危險吧？因此我們決定先挑戰慢慢活動身體筋骨的熱瑜伽。另外為了讓他在家裡也能輕鬆活動身體，編輯部找來一些健身器材，大家一起嘗試。最後，要想有健康的身體，就不能沒有健康的飲食習慣。以「擺脫便利商店便當」為目標，也要求小澎挑戰「自炊」。哎呀，真是個費盡心血，思慮周詳的企畫！

到底小澎的體力和健康意識是否有所改善呢……？

※ 本章取材時的編輯部成員跟前三章不同。
雖然容易弄混，特此先聲明。

←原 BONte 編輯部成員，♀
村上
健康化企畫取材時的 BONte 編輯部同仁。已結婚離職。
專長：身材嬌小，動作靈巧。

※ 本章係根據 2006 年 2 月的經驗描繪而成。

來自讀者的信
聽說小澎每天都吃便利商店的便當和泡麵，那樣對健康很不好，加上他又不太運動，擔心他會不會生病和肥胖
書迷是這樣的關心你，小澎的身體還好吧？
哈哈哈，妳在說些什麼？沒事啦，我身體沒問題♪
轉身
看也知道嘛
圓滾滾
我很健康的♪
一點也不健康
糟糕！
澎湃野吉 改造計畫
挑戰熱瑜伽
冷汗直流
瘦下來！
瘦下來！
是的！讀者的擔心果然是對的，小澎的身體在不知不覺間已經變得虛弱肥胖了。因此這一次為了讓他的身體恢復健康與結實，決定讓他挑戰熱瑜伽
決定了
Let's go!
這一次提供協助的熱瑜伽教室LAVA澀谷店
LAVA
oxygen+hotyoga
店裡的氣氛很簡潔時尚
有種南洋度假勝地風情
每個工作人員的身材都很纖瘦，
苗條
歡迎光臨
看來熱瑜伽效果驚人

※2008 年 6 月時，LAVA 澀谷店已沒有「身體組成分析儀」，請注意。

原來如此，也就是說雖然長有皮下脂肪，但看不到，所以外表看起來還是很瘦囉
太好了
太好了
哼，一點都不好
看起來，明明就很胖
哎呀！真的太好了。
啊，我可以再喝一杯茶嗎？
熱瑜伽
所謂熱瑜伽是在溫度38℃、濕度65%的室內，做出26種的瑜伽動作。很容易流汗，也能迅速瘦身，是目前最膾炙人口的健身課程。
因為會流汗，所以得鋪上毛巾
打赤腳
水
加濕器
濕熱
濕熱
濕熱
濕熱
好熱！
真的好熱呀！
濕熱
熱瑜伽注意事項
有3條
① 以60%的體力做
已經不行了
② 全程用鼻子呼吸
(除非有特殊指示)
呼…呼
③ 定期補充水分
咕嚕咕嚕
首先是熱身運動，讓筋骨鬆開。雙腳站開與肩同寬——
LAVA
下腰，以脊椎為軸轉身，手臂的力量放鬆
肩膀的力量也放鬆，只用腹部的力量
啪!!
啪!!
甩動
甩動
接著手甩到脖子後面，鬆開肩膀和脖子的筋骨
拍打多餘的脂肪，促進血液循環
咻啪!!
咻啪!!

好，請喝水
甩來甩去
咕嚕
咕嚕
咕嚕
咕嚕
拚命灌水
哇，才做了這一點就流了這麼多汗
咕嚕
重點是不用勉強，按照自己的狀況去做
因為溫度和濕度都很高，雖然只是稍微動一下，就很費體力
怎麼樣，小渣？接下來要正式體驗熱瑜伽，有鬥志嗎？
今天很謝謝教練
彎腰一鞠躬
現在才要開始耶
那要開始了。請跟在我後面做出同樣的動作♪
側彎
扭
扭
往上伸展
下壓
金雞獨立
扭來扭去
彎不動
卡住
卡住
啊！
閃到腰
潔白閃亮
站不穩？跳，跳，跳
喘
喘
糾成一團

熱瑜伽結束
氣喘如牛
喘不過氣
汗如雨下
呼 呼
呼 呼
累斃了
呼 呼 呼
…瘦了嗎？
一點都沒瘦
不繼續做
就是瘦不下來
如上所述，這一次只體驗了一部分的普通課程，但已經品嘗到一點厲害滋味。如熱瑜伽之名，果然很熱。流下的汗，多得嚇人。繼續持之以恆，肯定會瘦的。各位太太，這就是我的感想!!
接著轉往澀谷的十字塔店，體驗岩盤鍺療椅
因為剛做熱瑜伽，所以身上帶著水
呼 呼
撲通 撲通
我錯了!!
天啊
水好重～
早知道就不該要水的
等等我呀～
…
似曾相識的感覺
※詳情請參考《第一次出國就去義大利》
燒肉
呼 呼
燒肉
運動之後肚子好餓
腳步不穩
不行
用力一咬
好痛 痛死我了

澀谷十字塔店
LAVA
岩盤鍺療椅
可消除自由基，達到美容與健康效果，而成為流行話題的鍺溫浴搭配岩盤做成的岩盤鍺療椅，
就像坐在沙發一樣的放鬆，同時促進脂肪燃燒！
咚——
哇
租借店裡的衣服和毛巾
Let's go!
暖烘烘
暖烘烘
戴上耳機可享受放鬆心情的音樂
靠背鑲有岩盤，暖烘烘熱吱吱的
手浴
足湯
岩盤
據說做一次20分鐘的鍺溫浴，相當於跳兩小時有氧舞蹈的運動量。而且使用岩盤鍺療椅雖然會汗流不停，但馬上就乾了，事後不必淋浴。
汗如雨下～
20分鐘後
滑溜溜的——
呵呵呵
呵呵呵
光滑柔細
光滑柔細

體驗熱瑜伽
2天後
一開始很討厭運動的小澎因為2天前的熱瑜伽活動過身體、流過汗的關係，刺激了沉寂已久的身體，居然……
肌肉痠痛
天啊！
又痛又痠，所以我討厭，2天後還是很痛……
痛…
痠…
澎湃野吉 改造計畫2
挑戰在家運動和自炊
呀——
快去做飯！
快去運動！
叮咚
有快遞
拍
啊呵啊呵啊呵啊呵
SUZU小姐寄的東西送到了
大概是再版的書吧。麻煩你了
好的
首先是騎馬機
嘿咻
咚
什麼!?
現在是怎樣!?
天——啊
咚——

我家的時髦客廳（自稱）變成了健康商品郵購迷的房間了
叮咚
這到底是……
Goma's來訪
小澎，你好呀。東西到了嗎？那些可都是Goma's精心挑選的運動器材喲
是得西子啦，今天要繼續上次的熱瑜伽，進行「在家也能運動」的挑戰，所以要請你體驗各種的運動器材
拿去
而且還有第二部分，為了讓你脫離便利商店的便當，也要你挑戰自己做飯吃！加油囉
不會吧——
在開始運動前，為了參考用，先用這台高科技體重機測量每個人的身體年齡吧（如果比實際年齡大就要留意了）
很厲害吧♪
測量村上編輯實際年齡（祕密）
嗶嗶
村上編輯比實際年齡小2歲
年輕真好！
不愧是成員中最年輕的新鮮有勁
哇
哇
測量金子編輯實際年齡（祕密）
嗶嗶

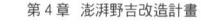

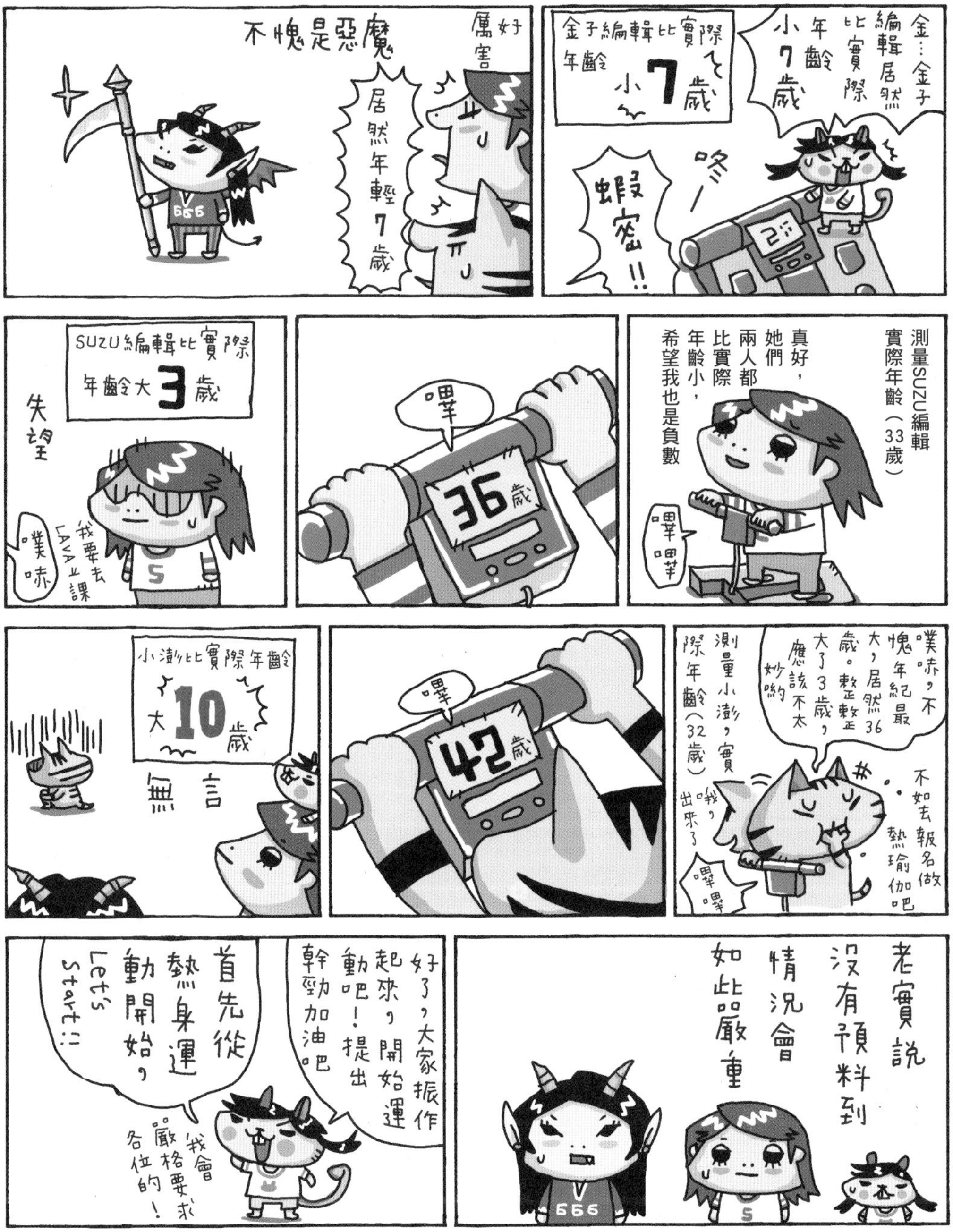
金…金子編輯居然比實際年齡小7歲
金子編輯比實際年齡
小7歲
咚—
蝦密!!
厲害好
居然年輕7歲
不愧是惡魔
測量SUZU編輯實際年齡（33歲）
真好，她們兩人都比實際年齡小，希望我也是負數
嗶嗶
嗶
SUZU編輯比實際年齡大3歲
失望
我要去LAVA上課
噗哧
測量小澎，實際年齡（32歲）
噗哧，不愧年紀最大，居然36歲。整整大了3歲，應該不太妙喲
我，出來了
嗶嗶
不如去報名做熱瑜伽吧
嗶
小澎比實際年齡大10歲
無言
老實說沒有預料到情況會如此嚴重
好了，大家振作起來，開始運動吧！提出幹勁加油吧
首先從熱身運動開始，Let's start!!
我會嚴格要求各位的！

各……位……加……油……呀
老態龍鍾
老爺爺？
老過頭了吧！你才要加油
動作
硬梆梆
嗯？
你！動作太僵硬了!!
嚴厲語氣
對……對不起
可是我渾身肌肉痠痛，而且身體年齡又是42歲……
沙袋
砰
砰
反複踢沙袋可鍛鍊力氣和持久力
晃動——
我踢！
唉呀，認真練習後，似乎也露出我的男性本色，真ㄎ勢
呼
呼
氣喘
雖然是42歲，但這種需要體力的運動，畢竟還是比較適合男性
咻
砰！
!!
砰！
啪
……

呼拉圈
有雕塑腰圍和燃燒體脂肪的效果
轉
轉呀
年長組
沙
沙
喝！
鬥志旺盛！
啪
啪
立刻落地
啪
啪
立刻落地
累壞了
累壞了
累壞了
累壞了
年輕組
轉
轉呀
兩個
轉
轉呀
慘敗
健身球
具有鍛鍊平衡感和運動全身的效果
可站在上面
也可坐在上面或躺在上面

×不可以拿起來
×不可以從頭部滾下撞地，臉會受到撞擊
一旦習慣後，可以像這樣當作移動工具
砰—
咻—
騎馬機
嗡
嗡
引起街頭話題的家庭用騎馬機，據說只是坐在上面搖來晃去就能鍛鍊腰部和大腿
可以的話，希望也能裝上馬頭和尾巴
搖呀搖
搖來 晃去
搖來
晃去
這個好好玩
不管有沒有效，總之看起來很好玩
這麼說來，以前家附近的家電量販店有試坐區，該怎麼說呢…
一整排大人坐在一起搖來晃去的畫面實在…
很奇怪
太超現實了
搖呀搖
搖呀搖

運動吹箭
噗
有強化心肺功能、提升專注力的效果，也可發洩壓力
啪！
哇
很有快感
噠噠噠
噗
頗有騎射比武的風格
啪
#
噗
啪
!!
!!
神射手!?
噗
啪
咚咚咚咚咚咚
SUZU編輯的
金子編輯的
村上編輯的
壓軸上場
咚咚咚咚咚咚
嘎!?
!!
沙
喀

說明一下!! 現在「跟球藻一樣動也不動」的小澎，高中、大學時隸屬射箭社團，除了女生的心以外，幾乎任何東西都能射穿。不好意思，這是真的。
對小澎來說，雖然道具不同，就射擊而言，肯定能表現出高於一般人的專注力!!
吞口水
吞口水
大吸一口氣
喀
噗
咻
啪
!!
結果並不怎麼樣
看來沒有肺活量就飛不遠呀
裝水即可用的啞鈴
呼
呼
呼
要裝水
要裝水才能用
各位辛苦了，在家裡也能運動的挑戰到此結束。相信運動量應該夠了吧。怎麼樣呀，小澎？
…
這次的運動對身體年齡42歲的小澎來說似乎太過吃力了
好了！接下來進行第2部分，為了「擺脫便利商店便當和泡麵」，要讓小澎挑戰自己做飯吃！小澎，準備好了嗎？
我肚子餓了，要先去便利商店買個便當囉
喂！居然馬上就給我來這套
好啦好啦，我做就是了。真的很麻煩
鬥志太低
拿出幹勁來!!

堆得跟山一樣的食材
咚—
今天的菜色
•筑前煮
（香菇竹筍燉雞肉）
•厚煎蛋捲
•味噌湯
設計了這一套菜色
嘻嘻，謝謝妳們的精心策畫，但是不好意思，我一個人的生活經歷不算短，真要做起飯，我算是高手哩
喔！
買便利商店便當不過是煙幕彈
要不做一道讓妳們瞧瞧？
只要有心，做飯沒問題的
首先鍋子裡放進水和柴魚後開火
水開了後加進雞肉繼續煮
煮熟後起鍋，將雞肉放進盤子裡便完成這道菜
咚
哇!!
來吧，請用
什麼嘛，原來是給貓吃的
不怎麼好吃哩
筑前煮
和馬鈴薯燉肉並稱為和風料理的招牌菜。會做這道菜代表手藝不錯。
就算不放竹輪也很好吃
我看看，需要紅蘿蔔、雞肉、牛蒡…
咦，怎麼沒有竹筍
好吧，沒有就算了
也沒有乾的香菇耶
那就用新鮮香菇吧
不用竹筍嗎？
要啊
乾脆改做別的菜色吧？
也沒有豌豆莢耶
那就用青椒吧
沒有蒟蒻耶
好吧，沒有就算了

將備好的食材炒過，加入高湯和調味料後燉煮
滋—
啊!! 放調味料的順序錯了
咦，是誰把金針菇放進去的
哎喲，吃進嘴裡不都一樣嗎
好像燒焦了？
我…我是故意的
總之完成了
外觀看起來不錯
厚煎蛋捲
雞蛋加入高湯、糖、醬油、鹽後攪拌均勻。
在平底鍋裡淋上蛋汁煎成薄片後捲起，
重複幾次 淋蛋汁→煎好捲起 的動作後即完成
滋…
翻起
鏟起來
翻面
滋…
如有起司不妨加入
鏟起
翻面
只有對摺!!
那樣根本不是蛋捲

盛盤
砰
淋ㄓ番茄醬
完成了♪
…這是蛋包飯吧
味噌湯
放進味噌後，千萬別煮沸
還要記得試味道。火太大了
是是是一
最後要撒ㄓ蔥花
村ㄓ編輯雖然人很嬌小…
妳沒問題吧
搖搖 晃晃
不過刀工很厲害
答答答答答答答答答答答
!!!
然後
啪啪
啪
完成
好了
蛤蜊義大利麵…冬粉
最後因為有蛤蜊，
想做盤義大利麵，
但是沒有義大利麵，
只好用冬粉取代，
不料冬粉把湯汁都給吸走了，
所以顯得乾巴巴的（濃縮版）
終於…
鏘
完成!!
原來不抱期待，但令人驚訝的是看起來還挺有樣子的
哇！

開動了
趕快嚐看看
卡滋
真好吃!!
天啊，真是好吃得讓我嚇一跳。尤其是作法錯誤的筑前煮超級美味。我是天才嗎？天才廚師？還是帥哥天才筑前煮王子呢
卡滋
卡滋
好吃
好吃
自炊挑戰意外很成功
謝謝招待
問題是這樣對健康好嗎？似乎沒有減肥的效果
打嗝
剔牙
總之，今天的挑戰都結束了。經由這次做飯的經驗，不知道從明天起小澎會不會開始健康的自炊呢？
好像會吧？
應該會吧？
那運動方面可以持續嗎
絕對不可能。騎馬機很占空間，拜託妳們拿回去
雖然自己做飯也不錯，但還是到便利商店買便當比較方便
咚—
那是不可能的，太麻煩了
這傢伙根本是懶到家、懶進鋼筋鐵骨裡了。乖小孩學了肯定會變成沒用的人。以上Goma's的感想
結束

The Photo Gallery

↓哇，還像樣嗎？

↓沒想到小澎的身體很柔軟。聽說一般男性，很難做到這種程度。

↑不對！背部壓得不夠低……不過瑜伽教練才沒有這麼說。

↓好像動作都一樣……又好像不一樣。

↓表情認真地專注在手藝的小澎。希望他畫稿子時也能一樣。

↓澎湃次郎老師說：做好吃點。

↓粉絲不斷吸走湯汁的畫面。

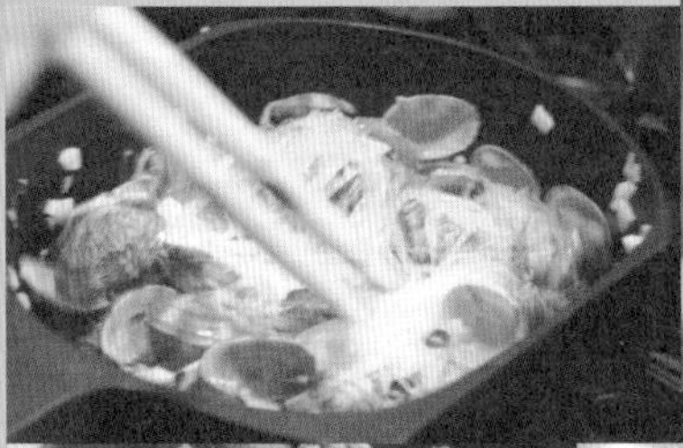

↑看起來比預期成功的筑前煮。

↑這真的是……厚煎蛋捲嗎？

↑一手拿食譜一手挑戰做菜。可惜顧到這一邊，就忘了另一邊。

←當然最靠近10分的是金子編輯，人稱神射手的惡魔……。

↑金子編輯的站姿真是漂亮。

↑村上編輯。人雖嬌小，頗有一番本事。

↑小澎，說是射箭社的，怎麼姿勢不太……。

↑SUZU編輯，是不是站得太後面了？

↑哇！感覺還不錯。

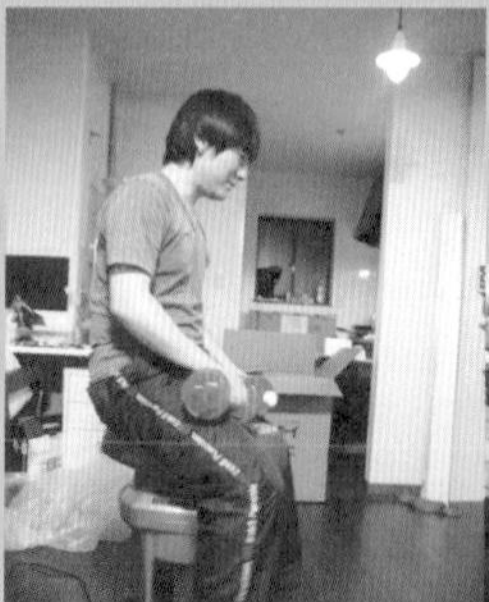

←正在用騎馬機鍛練身體，不過看起來好像只是累了坐在上面而已…。

↓請一口氣練得胸肌隆隆鼓起，小澎。

↑結果卻是這樣。

↑絕招！同時搖兩個呼拉圈。

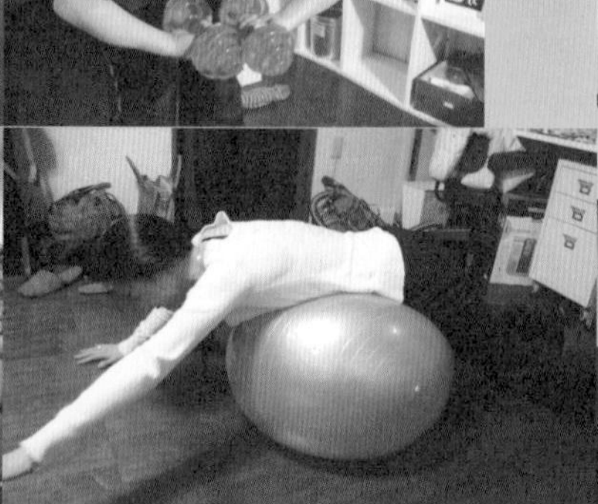

↑怎麼看起來很滑稽呢。

↑不愧是惡魔，不對，是金子編輯才對，抬腿的姿勢就是不一樣。

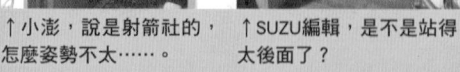

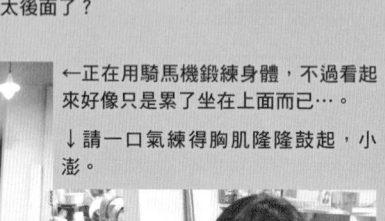

在家也能運動的健身器材，
現在下場如何!?
健身球
Goma's
帶回去了
這個好玩，
所以我要拿回家
沙袋
皺巴巴的堆放在陽台上
騎馬機
丟在玄關，
變成放各種發票和
收據的置放台
運動吹箭
悄悄躲在沙發
背後
呼啦圈
行蹤不明

結語

把筆一丟
請給我氣氛!!
百萬日圓
咚!
雖然又沒有遵守截稿期限…
終於完成了
《富士山我來了!》
太好了!!
實在讓我們等太久了
不過我們倒是做過不少的挑戰呀
(翻譯)去了很多地方、吃過很多東西,做了不少努力呢
就是說嘛,熱瑜伽、運動和自炊…沒有一項持之以恆就是了。還有築地的鮪魚真是好吃呀
好想再吃烘烤過的大鮪魚肚
鎌倉的散步就像是城市小旅行,感覺很愉快。好想再搭人力車喲
雖然睡過頭了
最特別的是爬富士山真是太刺激了
想像圖
啊哈哈!
驚 驚 驚 驚
哇哇哇 是呀,好辛苦呀。
啊,對了,畫這本書時我突然想到…
爬富士山也過了好一陣子,這次為了慶祝出版,不如…
咚!
再重新挑戰一次富士山,耶!
這一次要繞火山口兩圈
要去你自己一個人去!!
扭過頭 打瞌睡 不理
無———言
咦?有那麼辛苦嗎?
怪了,不是沒什麼坡道嗎?我不記得了…
當時最累的人不就是你嗎?
居然那麼快就忘記當時的遭遇!?到底有沒有長腦袋呀???
結束

TITAN 090

澎湃野吉旅行趣 ❷

富士山我來亂了！

澎湃野吉◎圖文　張秋明◎翻譯　郭怡伶◎手寫字

出版者：大田出版有限公司
台北市10445中山北路二段26巷2號2樓
E-mail：titan3@ms22.hinet.net
http：//www.titan3.com.tw
編輯部專線（02）25621383
傳真（02）25818761
【如果您對本書或本出版公司有任何意見，歡迎來電】
行政院新聞局版台業字第397號
法律顧問：甘龍強律師

總編輯：莊培園
主編：蔡鳳儀　編輯：蔡曉玲
企劃主任：李嘉琪　美術執行：蔡雅如
校對：蔡曉玲／謝惠鈴
承製：知己(股)有限公司 電話：(04)23581803
初版：二〇一三年（民102年）三月三十日　定價：250元

總經銷：知己圖書股份有限公司
（台北公司）台北市106辛亥路一段30號9樓
電話：（02）23672044・23672047・傳真：（02）23635741
郵政劃撥：15060393
（台中公司）台中市407工業30路1號
電話：（04）23595819・傳真：（04）23595493

國際書碼：978-986-179-278-1　CIP：861.67／102001066

旅ボンー富士山編
TABIBON: FUJISAN HEN by Bonboya-zyu

Original Japanese edition published in 2008 by GOMA-BOOKS CO., LTD.
Complex Chinese Character translation rights arranged with
BON-SHA Co., Ltd.
through Owls Agency Inc., Tokyo.

To： 10445
台北市中山區中山北路二段26巷2號2樓
電話：(02) 25621383　傳真：(02) 25818761
E-mail：titan3@ms22.hinet.net
大田出版有限公司（編輯部）收

From：
地址：..............................
姓名：..............................

＊請沿虛線剪下，對摺裝訂寄回，謝謝！

大田精美小禮物等著你！

只要在回函卡背面留下正確的姓名、E-mail和聯絡地址，
並寄回大田出版社，
你有機會得到大田精美的小禮物！
得獎名單每雙月10日，
將公布於大田出版「編輯病」部落格，
請密切注意！

大田編輯病部落格：http：//titan3.pixnet.net/blog/

智　慧　與　美　麗　的　許　諾　之　地

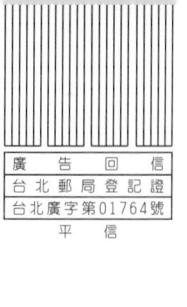

＊請沿虛線剪下，對摺裝訂寄回，謝謝！

wawa◎繪圖

讀 者 回 函

你可能是各種年齡、各種職業、各種學校、各種收入的代表，
這些社會身分雖然不重要，但是，我們希望在下一本書中也能找到你。

名字／＿＿＿＿＿＿ 性別／□女 □男　出生／＿＿＿年＿＿＿月＿＿＿日

教育程度／

職業：□ 學生□ 教師□ 內勤職員□ 家庭主婦 □ SOHO族□ 企業主管
□ 服務業□ 製造業□ 醫藥護理□ 軍警□ 資訊業□ 銷售業務
□ 其他＿＿＿＿＿＿＿＿

E-mail/＿＿＿＿＿＿＿＿ 電話／＿＿＿＿＿＿＿＿

聯絡地址：

你如何發現這本書的？　　書名：富士山我來亂了！

□書店閒逛時＿＿＿＿書店 □不小心在網路書站看到（哪一家網路書店？）＿＿＿＿
□朋友的男朋友(女朋友)灑狗血推薦 □大田電子報或編輯病部落格 □大田FB粉絲專頁
□部落格版主推薦＿＿＿＿＿＿＿＿
□其他各種可能 ，是編輯沒想到的＿＿＿＿＿＿＿＿

你或許常常愛上新的咖啡廣告、新的偶像明星、新的衣服、新的香水……
但是，你怎麼愛上一本新書的？

□我覺得還滿便宜的啦！ □我被內容感動 □我對本書作者的作品有蒐集癖
□我最喜歡有贈品的書 □老實講「貴出版社」的整體包裝還滿合我意的 □以上皆非
□可能還有其他說法，請告訴我們你的說法

＿＿＿＿＿＿＿＿＿＿＿＿＿＿＿＿

你一定有不同凡響的閱讀嗜好，請告訴我們：

□哲學 □心理學 □宗教 □自然生態 □流行趨勢 □醫療保健 □ 財經企管□ 史地□ 傳記
□ 文學□ 散文□ 原住民 □ 小說□ 親子叢書□ 休閒旅遊□ 其他＿＿＿＿＿＿＿＿

你對於紙本書以及電子書一起出版時，你會先選擇購買

□ 紙本書□ 電子書□ 其他＿＿＿＿＿＿＿＿

如果本書出版電子版，你會購買嗎？

□ 會□ 不會□ 其他＿＿＿＿＿＿＿＿

你認為電子書有哪些品項讓你想要購買？

□ 純文學小說□ 輕小說□ 圖文書□ 旅遊資訊□ 心理勵志□ 語言學習□ 美容保養
□ 服裝搭配□ 攝影□ 寵物□ 其他＿＿＿＿＿＿＿＿

請說出對本書的其他意見：

大田出版有限公司編輯部 感謝您！